サイラスは細腰を腰で抑え、折れそうな手首を寝台に押し付ける。
「どうか鳴いておくれ」
サイラスはぐっと強直をフィリスへの蜜口と押し込んだ。
「あ……あっ」

美貌の冷徹宰相閣下は
ワケあり令嬢を
溺愛して手放さない

東 万里央

Vanilla文庫

美貌の冷徹宰相閣下はワケあり令嬢を溺愛して手放さない

目　次

イラスト／蜂 不二子

第一章　銅の令嬢の結婚

西方の島国の王国、フェイザーの貨幣には金貨、銀貨、青銅《ブロンズ》を使った銅貨がある。

当然、金貨がもっとも価値が高い。対して銅貨は金貨の不滅の輝きもなければ、銀貨の聖別されたような清廉な光沢もない。他二種に比べるとどうしても地味に見える。

さて、ヴェイン伯爵家には二人の年子の令嬢がいる。

社交界で十八歳の姉のフィリスは「銅の令嬢」、十七歳の妹のアンジェリーナは「金の令嬢」と呼ばれていた。その二つ名だけで名付け親の悪意が見て取れるというものだ。

そして、姉のフィリスは自分がなんと呼ばれているのかも、そこに込められた意地悪も十分把握していた。

把握していたが伯爵家の長女である以上、両親や親族、何より婚約者の面子を潰してはならない。だから、今日の王宮の舞踏会にも姉妹で訪れている。

大広間に足を踏み入れた途端、皆が一斉にアンジェリーナを振り向く。

「金の令嬢だぞ」

「相変わらず美しいな。古代の神話の春の女神のようだ」

アンジェリーナは貴公子らの称賛に微笑《ほほえ》みで応えた。

「皆様、ごきげんよう」

四方八方から一斉に手が差し伸べられる。

「アンジェリーナ嬢、どうぞ僕とダンスを」

「いいや、俺と」

「お前は前踊っただろう」

「まあ、私のために喧嘩《けんか》なんてやめて」

アンジェリーナはくせのない金髪にサファイアブルーの瞳、滑らかなミルク色の肌の美少女だ。誰もが見惚《みと》れずにいられない美しさである。

一方のフィリスはブロンズと同じ黄みがかった明るい茶色で、緩やかな巻き毛が背に流れ落ちる様が上品だ。とはいえ、珍しさでも華やかさでも金髪に比べるべくもない。

深い森を思わせる緑——エメラルドグリーンの瞳は美しいというよりは落ち着いており、アンジェリーナより大人びた雰囲気もフィリスを地味に見せているのだろう。

顔立ちは整っているのだが、比較された結果、招待客の注目はいつもアンジェリーナに向いていた。彼女の婚約者がまだ決まっていないこともあるかもしれない。

このように社交界でも実家のヴェイン家でも、注目を集めるのはいつもアンジェリーナだ。フィリスに目を向ける者はおらず、いつもアンジェリーナの意向が優先される。

例えばフィリスは薔薇《ばら》色や桃色が好きだ。しかし、アンジェリーナの好みの色も同じで、舞踏会にはいつもいずれかの色のドレスを選ぶ。

また、アンジェリーナには華やかな、意匠を凝らしたドレスがよく似合うのだ。両親に「アンジェリーナと違う色のドレスにしろ」と命じられると、地味だという自覚があるので嫌だとは言えなかった。

もうひとつ、フィリスには華やかなドレスを選べない理由があった。

近頃、ヴェイン家は財政が厳しい。亡き祖父の言い付けを破って、父のバーナードが博《ばく》打《ち》のような事業に手を出して失敗し、多額の借金を抱えて余裕がない。

ところが、そんな状況でも両親やアンジェリーナは生活レベルを落とさない。身に纏《まと》う服も靴も宝飾品も毎度高価なものだ。ドレスに至っては舞踏会や晩餐会《ばんさんかい》ごとに新調する。

さすがに危機感を抱いた執事が苦言を呈したのだが、使用人に口出しされたと腹を立てたのだろう。バーナードは祖父の代から忠実に仕えてくれた執事を解雇してしまった。

現在、ゴマすりとおべっかが得意な代理を立てているが、肝心の仕事についてまったくの無能なので、使用人に請われフィリスが執事役を担っている有様である。

そんな状況なので出費を削れるところは削らなければならない。フィリスを舐《な》めきって、聞く耳を持たない両親、妹を説得するのはとうに諦めている。

となると、自分の予算を削るしかなかった。

今夜のドレスは前々回の舞踏会で身に纏ったものと同じだ。黄金に近い濃い山吹色で、流行のフリルを新たに縫い付け、まったく違うデザインに見せている。

フィリスとしては令嬢として恥ずかしく見えなければそれでよかった。

「フィリス嬢」

背後から声を掛けられ振り返る。漆黒の正装を身に纏い、眼鏡を掛けた白髪交じりの男性が手を軽く挙げて微笑んでいた。

「バークレイ男爵閣下、お久しぶりです」

フィリスはドレスの裾を摘まんだ。

バークレイ男爵は貴族であるのと同時に学者、教育者として名高い。この国における古典と言語学の第一人者だった。

「おや、お一人ですか。婚約者殿は？」

「実は一昨日の豪雨で実家の領地の川が氾濫し、馬車を動かせなくなったそうなんです。

だから、今夜は欠席になってしまって」

今朝急ぎで連絡が届いたのだ。

「それは残念ですな」

「ええ。でも、壁の花も楽しいものですから」

「なんと、あなたをダンスに誘う男はいなかったのですか」

「ええ」

「いくら婚約者がいるとはいえ、令嬢がお一人でいるのを放っておくなど、最近の若者はどうなっているのやら」

その婚約者がよく思わないからとは言いにくかった。アンジェリーナに比べて地味ではあるが、以前はフィリスを誘う男性もそれなりにいた。

だが、片端から断ってきたからだろう。今では声も掛けられなくなっている。

なお、バークレイ男爵とは古い付き合いで、随分とフィリスを買ってくれている。

彼は亡くなった先代のヴェイン伯――フィリスの祖父と友人だった。

幼い頃から読書と勉強が好きだったフィリスに、祖父は自分の友人を紹介してくれたのだ。

バークレイ男爵はフィリスの言語学、古典の質問によく答えてくれた。とにかく厳しい人ではあったが、同時に女だから、子どもだからとフィリスを侮《あなど》らなかった。

「私もセドリック以外の手を取りたくはないのでちょうどいいのですよ」

フィリスが微笑んでそう答えると、バークレイ男爵は柔和な微笑みを浮かべた。

「そんなに一途《いちず》に愛されて、あなたの婚約者殿は幸せだ」

「ええ……」

曖昧に微笑んで誤魔化《ごまか》す。

続いて皺《しわ》の浮いた手を差し伸べる。

「それではフィリス嬢、今夜のダンスのお相手は、私が勤めるのはいかがでしょう？　こんな爺《じじい》相手なら婚約者殿も焼き餅を焼くことはないでしょう」

「まあ、ありがとうございます。喜んで」

バークレイ男爵は祖父と同年代だ。彼相手ならさすがに許されるだろうと、フィリスがその手を取ろうとしたその時だった。

周囲がざわつく気配がする。

「……？」

何事かとバークレイ男爵と揃《そろ》って振り返ると、一人の男性が大広間に足を踏み入れたところだった。

まず、厳冬の夜空に浮かんだ月光を思わせる冴《さ》えた銀髪が目に入る。男性にしては前髪や襟足が長めなのが珍しかったがだらしない印象はない。むしろ、美形の多い貴公子の中にあっても際立って端整な顔立ちを引き立てていた。

整えた風でもないのに形のいい眉。くっきりした二重の目の中には、凍った湖と同じアイスブルーの瞳があった。銀髪と相まって男性を冷徹な印象に見せている。通った鼻筋と薄い唇には気品があり、鋭い頬《ほお》の線はすでに大人のものだった。

際立った長身で濃紺の正装を身に纏っている。痩身に見えるのは体全体が筋肉で引き締まっているからだろう。よく見ると肩はしっかりしており、胸板も厚い。

年は二十代後半だろうか。男性がもっとも美しい年代だ。大広間の既婚の貴婦人も未婚の令嬢も皆その男性に目を奪われていた。

（……あら？）

フィリスは首を傾《かし》げた。見惚れたからではなく、見覚えのある男性だったからだ。

「宰相閣下！」

招待客から声が上がる。同時に、男性はたちまち取り巻きに囲まれた。だが、頭一つ抜けた長身なので顔ははっきり見える。

「お久しぶりでございます。お元気でしたか？」

「舞踏会でお会いするのは何年ぶりでしょう」

宰相閣下と聞いてハッとする。

（あの方がサイラス・カニンガム公爵なの？）

サイラス・カニンガムは名門公爵家、カニンガム家の当主にして、現国王レナード二世の宰相を務める人物だ。

カニンガム家始まって以来の天才と呼ばれており、三歳でもう大人と対等に会話ができ、六歳で言語学、古典の専門書を読みこなしたのだとか。更に十二歳で中世からの名門である大学を主席で卒業している。

その頭脳を買われて宰相に就任したのが若干二十四歳の頃。今年で四年目だと聞いているので、情報が確かなら今年二十八歳のはずだった。

ちなみに、執務で多忙であるとの理由で、社交界に出席することはあまりないとも聞いている。フィリスが社交界デビューした三年前にも、その後の王宮や有力貴族主催の舞踏会や晩餐会でも見かけなかった。

（なのに、やっぱりどこかで見たことがあるような……）

だが、どこで見たのかを思い出せない。

バークレイ男爵が「おやおや」と面白そうに呟《つぶや》く。

「あの方が舞踏会に出席されるなど珍しい。そろそろ女嫌いを改めて、花嫁候補を探しに来たのかな？」

「あら、女嫌いとは宰相閣下はまだ独身でいらっしゃったのですか？」

てっきり既婚だと思い込んでいたので驚いた。

フェイザー王国では男性なら二十代半ば、女性なら二十歳までに結婚するのが大半だ。地位も身分も美貌すら持ち合わせたサイラスなら、縁談は引きも切らなかっただろうにと不思議だった。

バークレイ男爵が「そうなんですよ」と苦笑する。

「堅物で女嫌いの人間嫌い。舞踏会にはよほどでない限り出席しない。娼館通いもしなければ、一時の恋人も作らない。おまけに結婚もしない」

「まあ……」

「男色家に違いないという噂《うわさ》が立ったほどです。まあ、要するに変人ですな」

「ああ、そう言えばそんな話を聞いたような……」

「あの通り、出席してしまえば、望む、望まざるにかかわらず女性に取り囲まれることになるでしょうからな。私からすれば羨ましい話ですが」

当のサイラスにとっては煩わしいだけだったらしい。

バークレイ男爵はうんうんと頷《うなず》いた。

「ですが、あの方ももう二十八歳ですし、そろそろ身を固めなければと思ったのかもしれません。なんにせよいいことですな」

カニンガム家は名門であり、たった一人の直系であるサイラスは、是が非でも子孫を残す義務がある。生涯独り身など有り得ない。

「それに、少なくとも結婚してしまえば玉《たま》の輿《こし》を狙う女豹《めひょう》のような女性からは解放されますからね。閣下を射止める女性はどのような方なのか……」

サイラスほどの男性を満足させるなどどのような女性なのか、フィリスには想像もつかなかった。

「さて、フィリス嬢、サイラス閣下はさておいて、そろそろこの爺と踊りましょうか」

「ええ、そうですね」

いずれにせよ、同じ貴族の世界に身を置いていても、何もかもがレベルの違う遠い人物である。一生関わることはないと思い込んでいた。

ところが、今度こそバークレイ子爵の手を取ろうとした次の瞬間、不意にサイラスが振り向きフィリスを真《ま》っ直《す》ぐに見つめたのだ。

（えっ……）

思わず辺りを見回した。

(閣下のお知り合いかお友だちの方がいるのかしら？)

やがて、自分の右方向にいたアンジェリーナが、同じく取り巻きに囲まれているのに気づき、サイラスも妹目当てだったのかと思い至って苦笑する。

(アンジェリーナと閣下ならお似合いね)

サイラスが人込みの合間を縫って、アンジェリーナに向かって真っ直ぐに歩いてきた。

アンジェリーナのサファイアブルーの瞳が期待に輝いている。すでにその目は取り巻きの貴公子など映していなかった。自分の美貌がサイラスを魅了したと確信したのだろう。

射止められることができればヴェイン家始まって以来の玉の輿である。

ところが、サイラスの目的はアンジェリーナではなかった。

「えっ……」

他でもない、フィリスの前に立ったのだ。

「フィリス・ヴェイン伯爵令嬢だね？」

重低音の掠《かす》れた声がフィリスの名を呼ぶ。どこかで聞いたことのある声だった。

「は、はい……」

迫力ある美貌に息を呑《の》んだだけではなく、招待客全員が一斉に自分に注目するのを感じて緊張する。

アンジェリーナの視線も向けられた。「なぜお姉様に」とその目が言っている。フィリス自身もわけがわからなかった。

(どうして私に？　それに、どうして私の名を知って……)

戸惑うフィリスに助け船を出してくれたのは、今夜のダンスのパートナーとなるはずのバークレイ男爵だった。

「これは、これは、宰相閣下、お久しぶりでございます」

「バークレイ男爵」

どうやら二人は顔見知りらしい。

「先日、ロイヤルレナード勲章を受章されたそうですね。おめでとうございます」

「ありがとうございます。こんな時代遅れの老いぼれ学者よりも、閣下が受賞すべきだと思うのですがね」

「何をおっしゃいますか。私はまだ若輩者でございます」

狐《きつね》につままれた心境で二人を見守るフィリスに、バークレイ男爵が笑いながら説明してくれた。

「実は、閣下がまだ子どもでいらした頃、言語学と古典をお教えしまして、現在でも機会

があればこのようにお話させていただいております」

「まあ、そうだったのですか」

つまり、自分と彼はバークレイ男爵のもとで学んだ同門生ということだ。意外なところで繋《つな》がりがあったのだと驚く。

「閣下、こちらのフィリス嬢ですが、彼女も私の教えを受けた女性でして、まだお若いのに大層博識ですよ」

「ええ、知っています」

アイスブルーの瞳がフィリスのエメラルドグリーンのそれを捕らえる。

フィリスは心臓がドキリと鳴るのを感じた。やはり、いつかどこかで会ったことがあると感じたからだ。

「フィリス、私を覚えてはいないか?」

サイラスの言葉に目を瞬かせる。

「あの時は名乗れなかったが、昨年あなたに修道院で助けられた者だ」

「……あっ!」

ようやく思い出した。

一般的にフェイザー王国の貴族は領地と王都それぞれに屋敷を所有し、冬から夏にかけての社交シーズンは王都で舞踏会、晩餐会三昧の毎日となる。

それ以外は領地にいることが多かったのだが、フィリスの過ごし方は少々違っていた。領地の片隅にある小さな修道院に併設された孤児院の子どもたちに勉強を教えていたのだ。

地方の修道院は中央の教会からの援助が少ない。その分孤児たちへの予算も削られる。祖父が存命中は月単位で寄付をしていたのでまだよかった。ところが、その祖父が亡くなり父のバーナードが跡を継いでからは、どこの馬の骨とも知れぬ孤児の面倒まで見ていられないと、やはり先代の執事が止めたのにもかかわらず打ち切っている。

フィリスが自分の宝飾品の予算を削って寄付金に当てても、衣食住の確保がやっとで教育費までは行き届かなかった。教会も孤児院もギリギリの人数で回しているので、シスターらが教師役を勤めるのにも限界がある。

そこで、フィリス自身が教育係を買って出たのだ。幸いバークレイ男爵について学んできただけあって、読み書きや聖書について教えるのは問題なかった。やがて、女児には将来の手に職になればいいと、裁縫や刺繍《ししゅう》も学ばせるようになった。

これは婚約者のセドリックと結婚しても続けるつもりだった。

去年の九月頃のことだったろうか。

いつもと同じく子どもたちに読み書きを教えていたところ、日が沈みかけた頃に激しい嵐が吹き荒れた。狭い庭に植えられていた木の枯れ葉を散らし、枝を上下左右にしならせた。

『大変、窓を閉めて！』

子どもたちとともに窓を閉めほっと一息吐く間に、横殴りの強風の轟音《ごうおん》に窓に叩《たた》き付《つ》けられる水の音が混じった。暴風雨になったのだ。

『外に出ている子はいない？』

『うん、多分……。あっ、アンがいない！』

『大変。先生、確認してくるわね』

フィリスは外套《がいとう》を着込んで外へ出た。

『……っ』

立っていられないほどの風の強さである。襟元を押さえつつアンの姿を探した。

『アン、アーン！』

『先生！』

アンは庭の木の根元に膝を抱えて座り込んでいた。外で一人遊んでいたところ急に嵐になり、歩いて帰ろうにも吹き飛ばされそうで、身動きが取れなかったのだという。

『無事でよかったわ。さ、戻りましょう』

フィリスはアンを庇《かば》いつつ孤児院へ向かった。

ところが途中、アンが立ち止まり振り返る。

『アン、どうしたの？』

『うん、誰かの声が聞こえて……』

『嵐の音でしょう？』

『ううん、違う。大人の男の人の……』

アンは辺りを見回しやがてあっと声を上げた。

『先生！　道で男の人が倒れている！』

『なんですって』

ひとまずアンを屋内に避難させてのち、シスターと二人で男性のもとへと向かう。

質のよさそうな漆黒の外套を身に纏った男性が俯《うつぶ》せになって倒れていた。後頭部から少なくない血が流れ落ち、銀髪を赤く染めている。

近くには彼が乗っていたと思《おぼ》しき青鹿毛の馬が風に耐えて佇《たたず》んでいた。

『あなた、偉いわね。ご主人様を守っていたの』

フィリスが優しく声を掛けると、馬はブルルと鳴いてフィリスの髪に鼻を擦りつけた。主人が目を覚まさないので心細かったのだろう。

ひとまず男性をそっと抱き起こし、呼吸と脈拍を確認してほっとする。どちらもしっかりしており、予断を許さない状況ではない。

『シスター、この方を馬に乗せるのを手伝っていただけますか』

『ええ。きっと身分の高い方ですよね。何があったのかしら』

男性は身なりが高価そうなだけではない。合わせ目から見え隠れする上着の胸元には、男性向けの小粒のダイヤで周辺を取り囲んだ、大粒のサファイアのブローチがつけられていた。顔立ちも整っており気絶していてすら気品がある。

ひとまず孤児院の医務室に運び込む。

医務室と言っても財政上医師などいるはずもない。応急処置程度だが医療の知識があり、子どもたちの手当にも慣れたフィリスが、手際よく男性の外套と上着を脱がせた。

『シスター、ブランデーをいただけますか』

『はい』

ベッドの上で再び俯せにし、血を拭いてからブランデーで消毒をする。続いて軟膏《なんこう》を塗って包帯を巻き、そっと仰向《あおむ》けに横たえた。途中、痛かったのか男性が低く呻《うめ》いて目を覚ます。

『あら』

濃く長い銀の睫毛《まつげ》に縁取られた目がゆっくりと開けられる。鏡を思わせるアイスブルーの瞳にフィリスがくっきりと映った。

『お目覚めになりましたか。具合はいかがでしょう？』

『……あなたは』

『ああ、ご挨拶が遅れて申し訳ございません。私はフィリス。フィリス・ヴェインと申します。この辺り一帯を管理するヴェイン伯爵家の長女です』

恐らく身分ある人物——貴族なので、得体の知れぬ者ではないと安心させようと、実家の爵位とそこでの立ち位置、更に名を名乗る。

すると、アイスブルーの目が大きく見開かれた。

『それでは、あなたは貴族の女性なのか？』

『はい。そう見えないでしょうが……』

貴族ではないと思われても仕方がないと苦笑する。平民の女性向けの若草色のブラウスに、灰色のロングスカートを身に纏っているからだ。

修道院や孤児院で令嬢向けのドレスを着たことはない。ドレスでは全力で向かってくる子どもの相手などできない。

『ああ、すまない。そうした意味ではなかった』

男性は瞼《まぶた》を閉じ大きく息を吐いた。

『……助けていただいて感謝する。可能ならもう一つお願いしたい。私の周囲に馬はいなかっただろうか？　青鹿毛の……』

『ええ、確かにいました』

『あれは私の愛馬のヘルメスだ。私以外には懐《なつ》かないので難しいとは思うが、保護してもらえないだろうか』

『その子でしたらもう保護して、近所の農家の方に預かっていただいています。ご安心ください』

『……ヘルメスを？　あなたが？』

フィリスをまじまじと見つめた。

『とても素直で人懐こい子でしたよ』

『……』

ゆっくりと目を閉じ「よかった」と呟く。

『ありがとう。ほっとした……』

安堵《あんど》したのか男性はそのまま眠り、怪我《けが》が癒えるまでは孤児院に滞在することになった。

初め、フィリスが自腹を切って医師を呼ぼうとしたのだが、男性は骨にも脳にも異常はなかったし、単なる捻挫と切り傷だったので必要ないと突っぱねた。

なら、身内が心配しているだろうから、連絡を取ろうかとも申し出たのだが、今度は身内などいないからと断られてしまう。

療養が一週間目に差し掛かった頃、男性はベッドの上で再び謝罪の言葉を述べた。

『フィリス、大変申し訳ない。事情があって名乗ることができない。ひとまず私のことはジャックと呼んでほしい』

『ええ、そんなことだろうなと感じていました』

貴族がお忍びで愛人のもとにしけ込んでいたのか、それとも平民の成金に金を借りに行っていたのか、いずれにせよ明かせない事情があるのだろうと。

『ジャック様、ご安心ください。この件については一切口外しません』

誰にでも知られたくないことはある。この孤児院に捨てられた子どもたちも複雑な過去の者が多い。だから、フィリスは男性を追及しようとは思わなかった。

『……ありがとう。必ず礼はする』

『気になさらないでください。さあ、包帯を替えましょうか』

フィリスは男性の頭部の包帯を替えようとして、視線を感じて扉に目を向けた。子どもたちが数人医務室を覗《のぞ》き込んでいる。

『あら、あなたたち、どうしたの』

『先生、その男の人は誰?』

『この方は……』

なんと説明したものかと一瞬迷う。

すると、男性がみずから自己紹介した。

『私は先生の友だちだ』

『先生の友だち……』

子どもたちの目が好奇心に輝く。

『ねえ、おじさん、私たちのお友だちにもなってくれる?』

『ああ、もちろんだ。馬は好きかい?』

『お馬さん?　ええ、好きよ。でも、遠くからしか見たことがないの』

『なら、おじさんの馬に乗ってみるかい?』

『えっ、いいの?』

フィリスは「でも、怪我が……」と慌てて止めようとしたのだが、男性は「もう大分よくなっている」と笑うばかりだった。

『フィリス、確かここから十分ほど歩いた川辺が草むらになっていると言っていたね』

『え、ええ』

『なら、勉強が終わったら子どもたちを全員、そこに連れて行ってもいいかい？　せっかくいい天気なのだから、皆をヘルメスに乗せてやりたい』

子どもたちがわっと歓声を上げる。

『先生！　行きたい！　いいでしょう？』

滅多《めった》に見かけない、優しそうな大人の男性が遊んでくれるのだ。喜ばないはずがなかった。

『え、ええ……』

男性はベッドから起き上がると、窓際の椅子に掛けてあった上着を羽織った。

『フィリス、ついてきてくれるかい？　付き添ってくれるとありがたい』

――男性はその後一週間滞在し、夕暮れ時にヘルメスの背に跨《また》がり孤児院を去った。

鞭《むち》を当てる前に馬上からフィリスを見下ろす。

『フィリス、世話になった』

『いいえ、こちらこそ。男手がなかったので助かりました』

実際、男性は高いところにあった棚や雨漏りの修理を買って出てくれた。

やはり高貴な生まれだからか、それまで大工仕事などしたこともなかったようだが、最初こそ手際が悪かったもののあっという間に慣れたのには舌を巻いた。

『どうぞ道中お気を付けて』

『ああ、フィリス。あなたも元気で。……それから、婚約者の方とお幸せに』

『まあ、ありがとうございます』

婚約者がおり、来年結婚する予定なのだとは、雑談の中で明かしていた。覚えていてくれたのかと嬉《うれ》しくなる。

『それでは』

男性はヘルメスを走らせたのだが、姿が大分遠ざかったところで、なぜか一瞬愛馬を止めてフィリスを振り返った。

『……?』

不思議に思いつつも最後の挨拶にと頭を軽く下げる。

男性はフィリスをしばらく見つめていたが、やがて思い切ったように前を向き、ヘルメスの腹を蹴って瞬く間に道の彼方《かなた》に姿を消した。

＊＊＊

「閣下があの時の男性だったのですか」

孤児院での印象と随分違っていたので名乗られるまで気付かなかった。

正装に身を包み、貴族然としたサイラスは噂通り冷徹で理性的な印象だが、子どもたちと戯れていた彼はもっと優しく親しみやすい雰囲気だった。

サイラスが苦笑しつつ頷く。

「名乗らずに去ってしまって申し訳なかった。あの時には事情があり正体を知られるわけにはいかなかった」

名門公爵家の当主にして国王に信頼される宰相なのだ。何かとしがらみも多いのだろう。

フィリスは「気になさらないでください」と微笑んだ。

「お元気なようで安心しました」

同時に、確認したいことがあったのでサイラスを見上げる。

「あの後、孤児院に莫大《ばくだい》な寄付金があったんです。シスターや子どもたちの衣食住だけではありません。それこそ、ずっと教会の人件費にも子どもたちの教育費にも困らないような……」

おかげで、憂いなくセドリックに嫁ぐことができそうだった。

「閣下が寄付してくださったのでしょう?」

アイスブルーの目が細められる。

「それくらいしか私にできる礼はなかったから」

「ありがとうございます。おかげさまで子どもたちも明日のパンを心配することもなく勉強に励めるようになりました」

何かお礼をしなければならないと思うのだが、サイラスは高貴な血筋も、地位も、身分も、家柄も、財産もすべてを兼ね備えた男性である。フィリスが差し出せそうなものはなかった。

「なんとお礼を申し上げていいか……」

「それなら」

サイラスが手を差し伸べた。

「バークレイ男爵には悪いが、私と一曲踊ってくれないか。もう聞いていると思うが、この通り私は社交ベタの朴念仁でね。女性一人うまく誘えない」

「えっ……」

まさか、ダンスに誘われるとは思っていなかったので戸惑う。

「ああ、私なら構いませんよ」

バークレイ男爵が笑いながら一歩引いた。

「やはり若い者同士が一番ですからな」

「でも……」

婚約者以外の男と踊るのはやはり躊躇《ためら》われますか？」

婚約者のセドリックは間違いなくよく思わないだろう。

とはいえ、相手は貴族として格上どころか雲の上のカニンガム公爵家当主。しかもこの国の宰相に誘われて断れるはずなどない。

「閣下は本当に私でよろしいのでしょうか？　私はこの通り壁の花なのですが……」

薄い唇の端に笑みが浮かぶ。フィリスの心臓がドキリと鳴った。

「ああ、もちろんだ。あなたがいい」

そう言われてしまうと断ることもできない。

「ほら、フィリス嬢」

バークレイ男爵にも促されようやくサイラスの手を取った。

セドリックの手よりも指が長い。利き手だと思われる右手が節張っているのは執務でペンを使っているからだろうか。貴族にはあまり見かけない働き者の手だった。

「フィリス」

名を呼ばれて我に返る。

(私ったらはしたない。セドリック以外の人を素敵だと思うだなんて)

サイラスにエスコートされ大広間の中央に向かう。招待客らの視線が一斉に注がれるのを感じた。

「あの令嬢はどちらの……」

「ヴェイン伯爵家の長女だ。ほら、銅の令嬢と言われているだろう」

「なんだ、地味だと聞いていたが、なかなかの美人じゃないか。しかも、賢そうだ」

アンジェリーナと違い注目されるのに慣れていないので居心地が悪い。

モジモジしているとサイラスに「私を見るといい」と声を掛けられた。同時に、楽団が軽やかなワルツの演奏を開始する。

「閣下をですか?」

「ああ。互いだけを見つめていれば外野など気にならなくなる」

確かにそうかもしれない。

フィリスはサイラスのアイスブルーの双眸《そうぼう》を見上げた。冴《さ》え渡《わた》った青に心が吸い込まれそうになる。

「では、踊ろうか」

サイラスは軽くステップを踏んだ。

リードが非常に巧みなので驚く。舞踏会にほとんど出席していなかったとは思えない。

くるりと数度回ったかと思うと次は逆回転。セドリック以外の男性とのダンス、しかも初めてパートナーとなる相手なのに、不安をまったく覚えなかった。

「あなたはダンスがうまいようだ。婚約者殿は幸せだな。セドリックと言ったか?」

フィリスは首を傾げた。

(閣下にセドリックの名を教えたことがあったかしら?)

サイラスが孤児院で療養中、雑談で口にしていたのかもしれないと思い至り、「はい」と微笑みとともに答える。

「遠縁で幼馴染《おさななじ》みなのです」

「なるほど、なら、もうお互いをよく知っているということか」

セドリックは五つ年上だ。父方の親族にあたり、侯爵家ステア家の嫡男でもある。

将来二人の間に子どもが産まれれば、次男、もしくは次女以降をヴェイン家が跡継ぎとして引き取ると取り決めがなされていた。

貴族には当然のように政略的な縁談だったのだが、フィリスは伯爵家の長女である以上、五歳年上のセドリックとの結婚を当然だと考えていた。

(お伽噺《とぎばなし》に登場する恋人みたいに燃えるような恋をしたわけではないわ。でも、セドリックとならいい関係を築いていけるはず)

いいや、家のためにも築かなければならなかった。

「そうか。あなたはセドリックを愛しているのだな」

「……ええ」

なんとなく後ろめたくなりながらもそう答える。

「閣下にも早くいい方が見つかるとよろしいですね」

「……いい人か」

フィリスを見つめながら、踊りながらの会話なのに、サイラスが他のペアにぶつかることはない。

気配はわずかな風の動きを感じて避けているようだ。サイラスの勘のよさに舌を巻いている間にワルツは終わった。

「閣下、ありがとうございました。おかげで壁の花にならずに済みました」

フィリスがドレスの裾を摘まんで礼を述べると、サイラスは「礼を述べるべきは私だ」

と苦笑した。

「踊ってくれて感謝する。次の舞踏会は婚約者殿と……いいや、その頃にはすでに夫となっているか。夫婦で出席することになるのかな」

ふとサイラスの視線が左手に注がれているのに気付く。

「ええ、そうですね」

薬指にはすでに彼から贈られたダイヤモンドの婚約指輪が輝いていた。

フィリスはああ、そうだとサイラスを見上げた。

「閣下、よろしければ挙式と披露宴に出席していただけませんか？」

サイラスの目が大きく見開かれる。

「今から席を増やすのは大変だろう」

「いいえ、大丈夫ですよ。それに、せっかくできたご縁ですから」

フィリスとしては披露宴でアンジェリーナを紹介できればと考えていた。

近い将来婚約者のセドリックと結婚し、彼の実家の侯爵家に嫁ぐことになれば、その後一体誰がヴェイン家の財政の管理をするのかと不安だったのだ。

だが、アンジェリーナがサイラスに見初められ、首尾よく結婚することができれば、そうした不安もなくなるだろう。

何せサイラスが管理しているのは国家である。一伯爵家の財政など赤子の手を捻《ひね》るようなもののはずだ。

アンジェリーナの結婚相手は最上の男性でなければならないと、とにかく条件に厳しい母もサイラスなら満足するに違いなかった。

サイラスはしばしの沈黙ののちに「では、お願いしよう」と頷いた。

「フィリス、あなたの花嫁姿はさぞかし美しいのだろうな……」

「あまり期待しないでくださいませ」

フィリスは笑ってサイラスと別れ、バークレイ男爵のもとに戻った。

バークレイ男爵は「おや、もうよろしいのですか?」と笑っている。

「せっかくお似合いの二人だったのにもったいない」

「何をおっしゃいますか。私にはもうセドリックがいますし、閣下では何もかもが釣り合いませんよ」

かたや当主は国王の覚えめでたい宰相の名門公爵家。かたや父のバーナードが継いで以来パッとしない伯爵家の地味な長女。差がありすぎる。だが、アンジェリーナの美貌ならあるいは……と期待していた。

サイラスに目を向けるとすでに数多くの取り巻きに囲まれている。バークレイ男爵もサイラスを眺めていたが、やがて「残念ですな」と呟いた。

「私くらいの年になりますと、美貌や肉体など女性の魅力のほんの一部にしか過ぎないと理解できるようになります。絶世の美女だろうといずれしわくちゃの老人になるのですからな」

そして、夫婦が長く連れ添うのに必要なものとは知性だと頷いた。

「せっかく閣下がフィリス嬢を気に入ったようでしたのに、まことに残念です。まあ、縁のある、なしも連れ添うのに必要ですから仕方がありませんな」

「バークレイ男爵、買《か》い被《かぶ》りすぎですよ」

サイラスは取り巻きらと喋《しゃべ》っていたが、やがて用事ができたのだろうか。断りを入れ従者とともに大広間を出て行った。

サイラスの次のダンスの相手を狙っていた貴婦人や令嬢らががっかりしている。その中にはアンジェリーナもいた。

(随分早く帰ってしまうのね。顔見せに来ただけなのかしら?)

代わって見覚えのある顔の男性が大広間に足を踏み入れる。ダークブロンドの髪に見覚えがあった。

「あら」

セドリックだった。

欠席だと聞いていたが間に合ったようだ。

セドリックは足を止め、アンジェリーナに話し掛けている。随分と楽しそうに見えた。

続いてアンジェリーナとセドリック、二人の視線がいきなり自分に向けられたのでドキリとする。

その間にセドリックが人の間を縫うようにやって来た。

「あの若者がフィリス嬢の婚約者ですかな?」

「え、ええ、そうです」

「では、私はこれにて退散しましょうか。今夜はあなたと踊れなくて残念でした」

「ええ、ぜひ今度お願いします」

セドリックはバークレイ男爵が立ち去るのを確認し、その背を見送りつつ「あの爺《じい》さんは誰だ?」と眉を顰《しか》めた。

「セドリック、馬車が間に合ってよかったわ。あの方はバークレイ男爵閣下よ。ほら、前ロイヤルレナード賞を受賞した……」

バークレイ男爵と親しい件についてはセドリックに何度か話している。ところが、セドリックはまったく覚えていないらしく、「いくら爺さんでも感心できないな」と溜《た》め息《いき》を吐いた。

「君は僕の婚約者だろう。他の男と親しくするなんて」

「セドリック、何を言っているの。バークレイ男爵はそんな方ではないわ」

「君は世間知らずだからそんなことが言えるんだ。男の下心を舐めちゃいけない。あの爺さんだけじゃない」

セドリックの眼差《まなざ》しが途端に鋭くなる。

「カニンガム公爵……宰相閣下と踊ったんだって？　あんなに僕以外と踊ってほしくないと言ったのに」

やはりよく思わなかったと溜《た》め息を吐く。

「……アンジェリーナから聞いたの？」

「そんなことはどうでもいい」

セドリックは駄々《だだ》っ子のようだ。

自分以外の男性に目を向けるなとたびたび命じるが、貴族である以上それなりの付き合いも必要なのだ。まして宰相からの誘いを断れる令嬢などこの大広間には一人もいないだろう。

セドリックもわかっているはずだ。それでも、不快感を拭えないのだろう。

いずれにせよ、セドリックの機嫌を損ねるわけにはいかなかった。

セドリックと結婚すればステア侯爵家から援助を得られる。現在、財政が火の車のヴェイン家にとってその援助はなくてはならないものだった。

(これも愛情の裏返しよ。嫉妬してくれるんだから)

「ごめんなさい」

素直に謝る。

「今度から気を付けるわ。ねえ、せっかく久しぶりに会えたんだもの。踊りましょう?」

「……いいや、いい」

セドリックは「ワインでも飲んでくる」と身を翻した。

「君はついてこなくていい。しばらく一人になりたいから」

追いすがるわけにもいかずにその背を見送る。

(……他にどうすればよかったの?)

さすがに少々落ち込んでしまい、ヘリンボーンの床を見下ろして目を瞬かせた。キラリと光る何かがサイラスがいたところに落ちている。

腰を屈《かが》めて拾い上げてみてやはりと頷く。

(このブローチは閣下のものだわ)

大粒のオーバルカットのサファイアのブローチだ。宝石の煌《きら》めきと細工の見事さからして間違いない。出会った時にも胸元に留めていたのを覚えている。きっと気に入ったものか大切なものなのだろう。

初めは飲み物を配っている召使いに託そうとしたのだが、今なら追い掛ければ間に合うかもしれない。

フィリスはブローチを手に大広間を出た。

王宮の廊下は広く長く天井には古代神話がモチーフのフレスコ画が描かれ、等間隔に天使の彫像や見事な飾り壺《つぼ》が置かれている。

壁際には休憩用の長椅子も設置されているので、ダンスや社交に疲れた招待客や、二人きりのお喋りを楽しみたい男女がちらほら腰を下ろしていた。

(閣下はどちらかしら)

辺りを見回し三十ヤードほど先にその姿を見つけた。一際目立つ長身であるだけではなく、シャンデリアの灯《あか》りに銀髪が照らし出され、冬の夜の月さながらに輝いて見えたからだ。

「閣下!」

声を掛けるとサイラスはすぐに振り向き、「フィリス?」と足を止めた。

「何があった」

「ええ、閣下、落とし物を拾って――」

フィリスがサイラスに近付こうとした次の瞬間、壁際の長椅子の一つに腰掛けていた二人の男性が、さっと立ち上がりサイラスに駆け寄った。その手に握り締められた刃がギラリと不吉に光る。宝石とも月とも異なる禍々《まがまが》しい輝きだった。

「閣下、危ない！」

気が付くとサイラスの目の前に飛び出していた。

「……っ！」

鋭い痛みが鎖骨から胸にかけて走る。斬り付けられたと気付いた時には、視界に自分の血が飛び散っていた。

「ええいっ、どけっ！」

続いて腹部に衝撃を覚えその場に崩れ落ちる。

「フィリス？」

サイラスが動揺したのはほんの一瞬。

すぐさま襲撃者らを睨《にら》み付《つ》ける。そのアイスブルーの双眸は激怒によって、一層濃く深い色になっていた。

襲撃者たちの不幸は怒りの炎の色は赤よりも、黄よりも、白よりも、青がもっとも温度が高く、すべてを焼き尽くすということを知らなかったことだろう。

「貴様っ！」

その視線の凄《すさ》まじさに襲撃者の一人が怯《ひる》んだ隙をついて、サイラスはその手の甲に手刀を容赦なく叩き付けた。

「くっ……」

襲撃者が落とした短刀を素早く拾い上げ襲撃者の左目を切り裂く。

「ひっ！」

返り血が掛かったのにも構わず、逃げ出したもう一人の襲撃者に向かって短刀を放つと、短刀は襲撃者の右膝裏に刺さった。

「うわっ！」

襲撃者はもんどり打って倒れ、それでも張って逃げようとしたが、つかつかと歩いてきたサイラスの足がその頭をぐっと踏みつけた。

襲撃者は鼻を潰され呼吸もできないのだろう。苦しげに低く呻くばかりだ。

「ううっ……」

「お前たちの雇い主は誰だ」

サイラスは続いて腰を屈めて襲撃者の胸倉を摑《つか》んだ。

「雇い主は誰だと聞いている」

「……」

襲撃者にも襲撃者なりの矜持《きょうじ》があるのだろうか。頑として口を割ろうとはしなかった。

「あいにく、私は悪人に対する敬意も情けも持ち合わせてはいない」

サイラスの口調は冷静で揺らぎなどない。

「……吐くつもりがないというのなら、吐く気にさせてろう」

なのに、いや、だからこそその声を聞いていた招待客らは背筋がゾクリとするのを感じた。そうして凍り付いた場の沈黙を破ったのは、大勢の足音と帯刀された剣が防具に擦れる金属音だった。騒ぎを聞き付けた衛兵が駆け付けてきたらしい。

「閣下！」

リーダーと思しき衛兵がサイラスに声を掛ける。

サイラスはそれに応えることなく倒れたフィリスに駆け寄った。腕の中に抱き起こし繰り返し名を呼ぶ。

「フィリス、フィリス！」

フィリスは斬り付けられ、急所を攻撃されたことで吐き気を覚え、声が出せなくなって

いた。

(い、たい)

生まれて初めて暴力に晒《さら》されたショックと、血を失ったのもあったのだろう。意識が急速に遠のき暗闇に飲み込まれていった。


それからどれだけの時が過ぎたのだろうか。

フィリスは一人ベッドで寝込んでいるのに気付いた。

(体が、熱い……苦しい……)

熱いだけではなくひどくだるい。体を起こすことすらできなかった。

やっとの思いで瞼を開けると、視界が霞《かすみ》がかってよく見えない。目を凝らしてようやく見覚えのある天蓋の布地を判別できた。王都の屋敷の自室のベッドのものだった。

(私、どうしてこんなところに……)

アンジェリーナと舞踏会に出席したのは覚えている。そこで思い掛けずサイラスに再会し、正体を知って驚くことになった。

(それから、閣下と踊って、ブローチを拾って……)

そう、サイラスが何者かに狙われていたので、思わず襲撃者の前に飛び出したのだ。

(そう、私、斬り付けられて怪我したんだわ)

以降の記憶はまったくない。痛みに気絶したのではないかと思われた。

それにしても汗を掻《か》いて喉が渇いた。高熱が出ているのだろう。

召使いを呼ぼうとしたのだが声が出ない。呼び鈴を鳴らそうにも指一本動かす体力も気力もなかった。

(誰か……)

助けを求めようともう一度喉に力を込めたところで、「失礼します」との断りの言葉とともに扉が開けられる。眼鏡を掛けた人のよさそうな年配の男性と若い女性だった。

「おっ、意識を取り戻されましたか。よかった」

フィリスは男性に目を向けた。身なりからして医師と助手だろうと思われる。だが、ヴェイン家の主治医ではない。

自分はどのような病状なのか、なぜ主治医が変わったのか、何よりも聞きたいのはサイラスが無事だったかどうかだった。

(閣下にお怪我はなかったのかしら……)

サイラスはフェイザー王国になくてはならない人物なのだ。だが、サイラスどころか自分の状況も把握できない。何者が襲撃したのかもわからなかった。

それ以上にもうすぐセドリックとの結婚式だ。意識を失って何日経《た》ったのかも知りたかった。準備があるのにこんなところで寝込んでいられない。

医師はフィリスの額に手を当て、「熱も少々下がりましたね。閣下に報告しなければ」と呟いた。

「フィリス様、私はサイラス・カニンガム閣下の主治医のアーチボルトです。閣下たっての願いでヴェイン家に派遣されております」

(閣下が……?)

助手がフィリスの額の汗を拭ってくれた。

「フィリス様、あなたは閣下を庇われて怪我をされたのですよ。ご安心ください。閣下は擦り傷一つ負っておりません」

サイラスが無傷だったと聞いてひとまず胸を撫《な》で下ろす。

「ですが、フィリス様は二週間も寝込まれて、水を飲ませるのが精一杯だったんです。何も食べていないのですから体を起こせなくて当然です」

(なんですって。二週間も寝込んでいた?)

こうしてはいられないと体を起こそうとしたのだが、うまく呼吸すらできずに再びベッドに身を沈めるしかなかった。

「無理をなさってはいけません。フィリス様は敗血症を起こしかけたのですよ。アーチボルト先生のおかげで一命は取り留めましたが、もう一ヶ月は安静にしていなければなりません」

命の危機に晒されていたとは。だが、フィリスにとってはセドリックとの結婚式の方が重要だった。

「こんな……で……いられないんです。もうすぐ、結婚式が……」

結婚と聞いて助手とアーチボルトが顔を見合わせる。なぜか二人とも気まずそうだった。アーチボルトが助手に耳打ちをする。助手は小さく頷き「大丈夫ですよ」と微笑んだ。

「結婚式は延期になったそうです。だから、フィリス様はゆっくり休んでください」

「えんき……」

セドリックや招待客らに悪いことをしてしまったと溜め息を吐く。だが、病身で無理矢理開催したところでかえって迷惑でしかないだろう。

「そう、ですか……」

「さあ、包帯を取り替えましょうね」

「はい……」

少し話しただけでも疲れてしまったので、瞼を閉じ助手に身を任せる。

（セドリックがお見舞いに来たら謝らなければいけないわ）

どうしようもない両親とアンジェリーナにはもう期待していないが、フィリスはセドリックが屋敷に訪れることを信じていた。

今までずっと互いの具合が悪くなればそうしてきたのだ。なんだかんだでセドリックとは付き合いが長かったので疑いもしていなかった。

ところが、それから三日経っても、一週間経っても、ついには一ヶ月経っても、セドリックは見舞いにやってこなかった。見舞いどころか手紙一通寄越《よこ》さない。さすがにフィリスが不審に思い、連絡を取ろうとしても音信不通状態だった。

こんなことは初めてでフィリスが不安に苛《さいな》まれた頃、ようやく病室の扉が医師と助手以外に叩《たた》かれた。その手の主はフィリスが庇ったサイラスの従者だった。

「お休み中失礼します。私はサイラス・カニンガム公爵の従者のカーティスです。閣下がぜひフィリス様を見舞われたいとおっしゃいまして……」

「まあ、閣下が？　どうぞお入りください」

髪を軽く整えてサイラスを出迎える。

寝室を訪れたサイラスは腕一杯の花束を手にしていた。フィリスが好きな紫がかった濃いピンクの薔薇だ。

「……綺麗《きれい》」

「私の屋敷の庭園で摘んだ薔薇だ。あなたへの詫《わ》びと、感謝と、心の慰めになれば」

「ありがとうございます。私にはもったいないですわ」

薔薇色はヴェイン家ではアンジェリーナの色だと認識され、フィリスがその色のドレスや小物を使えない雰囲気になっている。

それだけにこの見舞いの品は嬉しかった。

サイラスはベッドの縁に腰を下ろした。

「アーチボルトからは大分よくなったと聞いたが……」

「ええ、もう時折微熱が出るくらいで、あと一、二週間もすれば普通の生活に戻れると聞いています」

フィリスは包帯の巻き付けられた首筋から胸元を撫《な》でた。早く包帯など取り払って花嫁衣装を身に纏いたかった。

「……済まなかった」

サイラスが呻くように呟く。

「私が不甲斐《ふがい》ないせいであなたに怪我を負わせてしまった」

アイスブルーの瞳に苦悩が見え隠れしている。

「謝らないでください。閣下をお助けできて光栄ですわ」

「その件についてだが、あなたに話さなくてはならないことがある」

サイラスは一ヶ月前の襲撃者の正体について告げた。

「あの襲撃者たちは以前宰相の地位にあったグラハム家の手の者だ」

「グラハム家……」

グラハム家は有力貴族であり宮廷で宰相を筆頭に要職を担ってきた。その分、影響力も大きく二代前の国王までは一族の娘を国王に娶《めと》らせ、王妃の外戚として政治の実権を握ってきたのだ。

ところが、先代の国王はある小国の王女と外交上政略結婚する必要があったので、グラハム家は宰相職こそ維持できたものの外戚をしての立場を失った。加えて、国王とその小国の王女との間に生まれた王太子が非常に有能だった。

国王もグラハム家が政治に口出しするのがそろそろ疎ましくなっていたのだろう。当時宰相職にあったグラハム家当主を高齢だからと解任し、代わって二十代半ばの王太子をその座に据えた。

王太子もグラハム家を警戒していたらしい。グラハム家がどんなに若く美しい娘を送り込んでも手を出さない。手をこまねくうちに妹王女の侍女を務めていた、伯爵家の令嬢と結婚してしまった。

　現在、その王太子が即位し、国王レナード二世となっている。

　レナード二世はグラハム家の復活を防ぐためか、新たな宰相職に天才と呼ばれていたサイラスを採用した。

　グラハム家は国王が無理ならとサイラスに取り入ろうとしたらしい。だが、不正を嫌うサイラスはグラハム家の媚《こ》びへつらいをすべて突っぱねた。

「グラハム家の現当主は外務副大臣の補佐を務めていたのだが、その後よりにもよって他国から賄賂を受け取って便宜を図ろうとした」

　紛れもない売国行為である。さすがに見逃すわけにはいかず、補佐職を解任し、逮捕せざるを得なかった。現在、被告として判決を待つ身の上である。

「解任を言い渡したのが私だったので逆恨みをされたらしい。あの襲撃者たちは逮捕された元当主の息子が雇った者だった」

　サイラスが舞踏会に出席するとの情報を入手し、金に困った貴族から招待状を買って潜り込んだのだという。

「今後裁判に掛けられることになるが、連座で一族全体が処分されることになる」

「そう、だったのですか……」

大貴族の宰相の地位にある人物を狙ったのだ。未遂だったとはいえ相当重い処分になるのは当然だと思われた。

つまり、宮廷内の権力闘争に巻き込まれたということなのだろう。

「私もこの通り生きておりますし、この話はここでおしまいにしましょう」

「だが、私の気が済まない」

サイラスはフィリスを真っ直ぐに見つめた。その真摯な眼差しに心臓がドキリと鳴る。

「フィリス、私にできることはないか」

「閣下にできることですか？」

「ああ、地位でも、身分でも、財産でも、あなたが望むものならすべて差し上げたい。幸い、私はそれくらいのことはできる」

「……」

さすが一国の宰相。慰謝料の規模が違う。

「その……でしたら実家を援助していただけないでしょうか。お恥ずかしい話なのですが、現在財政状況がよくなく……」

「お安いご用だ。他には？」

「いいえ、他には特に……」

「あなた自身が望むものも聞きたいのだが」

「私自身が？」

今更流行のドレスも、高価な宝石も、金銀財宝も必要なかった。

母親に蔑《ないがし》ろにされ、アンジェリーナともまともな姉妹関係を構築できなかった分だけ、フィリスは互いを思いやり、支え合う家族を切望していた。

しかし、さすがにサイラスには与えられないものだろう。

(これから私がセドリックと築いていくべきものだわ)

だから、こう答えるしかなかった。

「申し訳ございません。まったく思い付かなくて……」

「あなたは無欲な人だな」

サイラスは苦笑し溜め息を吐いた。

「それではフィリス、私はあなたの友人となりたい。あなたが助けを必要としている時に必ず駆け付ける」

「友人？」

「ああ。私はこの通り朴念仁で人付き合いが苦手だ。友人と呼べる者がほとんどいない。あなたのように優しく賢い方とそうなれると嬉しい」

国王から信頼される宰相であり、バークレイ男爵の元で学んだ兄弟子でもあるサイラスと友人になる――魅力的な提案だった。

「ええ、ぜひお願いします。閣下と友人になれるだなんて光栄です」

一人の人間として認められたようで嬉しかった。

だが、誰もが羨ましがる友人を得てから一週間後、フィリスは地獄に突き落とされることになる。


体力も回復し、起き上がれるようになったので、そろそろ包帯を解きたい――フィリスがそう訴えるとアーチボルトは難色を示した。

「もう少し時間が経ってからの方がよろしいと思うのですが」

「でも、先生。ずっと包帯を付けて生活するわけにもいきません」

アーチボルトはフィリスを前に黙り込んでいたが、やがて覚悟を決めたように顔を上げた。

「フィリス様、お伝えしなければならないことがございます」

アーチボルトの表情が深刻そうだったのでフィリスは首を傾げた。

「一体なんでしょう?」

すでに体調は回復している。何が問題なのかと不思議だった。

「実は……ナイフで斬り付けられた傷が深く、出血を止めるために一部縫わなければなりませんでした。すでに抜糸は行っているのですが……」

アーチボルトが大きな溜め息を吐く。

「傷跡が残ってしまったのです」

寝室に重苦しい沈黙が落ちた。

「……傷跡？」

フィリスはたった今自分が耳にした言葉が何を意味するのか数分間理解できなかった。

アーチボルトが言葉を続ける。

「普通の生活には支障はございません。その点はご安心ください」

「……」

フィリスは「わかりました」と頷いた。

「今後傷跡が治る可能性は？」

「時間が経つにつれて徐々に薄くなるとは思います。ですが、完全に消えると言うことは……」

「そうですか」

フィリスの口調が冷静だったからだろうか。アーチボルトはほっとしたように見えた。

「今後もご希望がございましたらいつでもお呼びください。閣下からもそう申し使っております」

アーチボルトが助手とともに寝室から去ったのち、フィリスは震える手で包帯の結び目を解いた。

（傷跡が残ったってどれくらいなの？）

襲撃者に斬り付けられたのは首筋から胸元にかけて。社交界や晩餐会で身に纏うドレスはその部分は曝《さら》け出しているところが多い。体の中でももっとも女性らしい線を描いているからだ。

ついにすべての包帯を取り外し、手鏡で首筋を映して悲鳴を上げそうになった。

赤く引《ひ》き攣《つ》り、のた打つミミズにも似た醜い傷跡。広い箇所に走っているので首飾りで隠しきれるものではない。

「ど……して……」

衝撃のあまり頭がぐらぐらする。

（こんな傷跡では花嫁衣装なんて着られない。セドリックにどう説明すればいいの）

フィリスはまだこの時にはセドリックを信じていた。いや、薄々裏切りの兆候を感じ取っていたのだが、信じようとしていたのかもしれない。

だが、最後の希望もその日のうちに打ち砕かれることになった。

傷跡を見るのも辛く再び包帯を巻き直した午後、窓の外から聞き覚えのある声が聞こえたのだ。

のろのろと目を向けて目を瞬かせる。外出着で着飾った両親とアンジェリーナが馬車から降りてきたからだ。その後に色とりどりの箱を手にした従者も。

街に買い物に行ってきたのだろう。

家族が自分をけむたく思っているとは知っていたが、こんな時にまで無視されていると思い知るのはさすがに辛かった。

（大丈夫よ、こんなの。いつものことじゃない）

フィリスは布団に潜り込もうとしたのだが、直後に扉を叩かれたので再び体を起こした。

「誰？」

「お姉様、私よ。お土産があるの」

まさか、アンジェリーナが見舞いに来てくれたのだろうか。

フィリスはすっかり嬉しくなって「どうぞ」と出迎えた。

「ベッドからでごめんなさい。もう起き上がれるんだけど、お医者様が大事を取りなさいって」

その時点でアンジェリーナの左手薬指に、何かがキラリと輝いたので目を留める。

黄金の指輪だった。どう見ても結婚指輪である。

「アンジェリーナ、あなた、結婚したの？」

そんな話は誰からも聞いていない。

アンジェリーナはまじまじとフィリスを見つめていたが、やがて「お姉様、聞いていないの？」と首を傾げた。その眼差しには哀れみと蔑みが入り交じっていた。

「聞いていないって何を？」

「私、セドリックと結婚したのよ」

世界中の時も心臓の鼓動も止まった気がした。

「今、なんて……」

「お母様も残酷ねえ」

アンジェリーナの説明によると、フィリスが重傷を負って寝込んだので、代わってアンジェリーナがセドリックと結婚し、ステア家に嫁いだのだという。もう新婚旅行も済ませたのだとか。フィリスが熱に魘《うな》されていた間にだ。

今日両親と買い物に行ったのは、まもなくステア家の屋敷に引っ越すので、最後の我《わ》が儘《まま》だと甘えたのだそうだ。

「だって、仕方ないでしょう。お姉様はいつ回復するかわからないし、だったら花嫁が私でもいいじゃないってことになったのよ。どうせ準備はほとんど終わっていたし」

アンジェリーナを猫可愛がりする両親が彼女を推したのはわかる。特に母はステア家にはアンジェリーナが相応《ふさわ》しいのにと嘆いていた。

だが、セドリックは一体なぜ簡単に承諾したのか。なぜ一度も話し合う機会すら設けられなかったのか。

「お姉様、自分を哀れんでいるみたいだけど、そんな傷物の体でセドリックと結婚だなんて、セドリックの方が可哀想じゃない？」

容赦ない一言に胸を抉《えぐ》られる。

――傷物の体。

確かに、こんな体の女と結婚したがる男性がいるとは思えなかった。

「今日は餞別《せんべつ》を渡しに来たのよ。ほら、これ」

アンジェリーナに手渡されたものは、セドリックとのダイヤモンドの婚約指輪だった。

「私、人のお下がりなんてまっぴらなの。セドリックも慰謝料にしていいって」

「……っ」

「じゃあ、お元気でね、お姉様」

手の平に食い込むほど指輪を強く握り締める。

（セドリック、あなたも私を傷物だと思っているの？）

そうでも捉えなければこんな残酷な仕打ちはしない。

セドリックに燃えるような恋心を抱いていたわけではない。

それでも、長年の付き合いがあり、セドリックの長所も短所も知っていた。すべて受け入れるつもりだった。支え合っていくのだと覚悟を決めていた分、フィリスの絶望はより深く大きかった。奈落の底に突き落とされた気がした。

もう、自分の人生に希望が見出《みいだ》せなかった。


母のキャサリンから修道院行きを勧められたのはそれからまもなくのこと。

アンジェリーナが思い通りに嫁ぎ満足したのだろう。あとは憎い姑《しゅうとめ》に似たフィリスを片付けてしまえば、自分の幸福は完璧になるとでも考えたのだろうか。

「あなたのためなのよ、フィリス」

キャサリンの声は珍しく猫撫で声のようだった。

「そんな体ではもう結婚できないでしょう。社交界にいても辛いだけよ」

そして、行き遅れてヴェイン家に居座られるのも冗談ではないと主張したいのだろう。

フィリスにもう抵抗する気力は残されていなかった。

「……かしこまりました」とあるかなきかの声で答える。

「お母様のお言葉に従います」

フィリスが送られることになった修道院は、王都からも領地からも遠方にある修道院だった。

由緒があり、何人もの貴族の子女が修道女となっているが、皆フィリスのように婚約破棄をされたり、後妻に疎まれたり、つまりは厄介払いされた身の上である。

だが、もう疎まれていることもどうでもよかった。早く神に仕える身となって、辛い俗世から逃れたかったのだ。

ところが、フィリスが修道院へと旅立つはずだった早朝のこと。

荷物をまとめて玄関前で迎えの馬車を待っていたのだが、到着したのは黒塗りの豪勢な馬車だった。しかも、最新式であることが内装から見て取れる。

これから神に仕え、清貧をモットーとした暮らしを送る、修道女候補のためのものだとは思えなかった。

馬車から従者らしき男性が降りる。どこかで見覚えのある従者だった。

「フィリス・ヴェイン様ですね。お迎えに参りました」

「え、ええ。これはマリーローズ修道院の馬車……ですよね?」

「時間が押していますので早くお乗りください」

押し込まれるようにして馬車に乗り込む。

まず、車内に設置された長椅子の座り心地のよさに驚いた。絹張りなのだと気品のある光沢から判断できる。

マリーローズ修道院は資金が潤沢《じゅんたく》とはいえない。こんな馬車を用意する資金があったのだろうかと首を傾げる。

馬車はその間にも道を進んでいく。

「えっ……」

フィリスは違和感に目を瞬かせた。

ヴェイン修道院は王都から馬車で一週間かかる距離にある。

ところが、一時間も経たずに到着したその場所はまだ王都内で、しかも目を見張るほど見事な屋敷だったからだ。

フェイザー王国の貴族は領地と王都それぞれに屋敷を所有しているが、王都は地価がただでさえ高いだけではなく年々高騰しているので、王都の屋敷は領地のそれに比べ小規模になる場合が多い。

ところが、この屋敷は一区画を占める勢いだった。

左右対称の横広がりの建築様式で屋根は古代の神殿風。天使の彫像が等間隔に並べられている。縦長の窓の数は数え切れないほどあり、一体何部屋あるのか想像も付かなかった。

「あの、このお屋敷は……」

「カニンガム家のタウンハウスです」

「ええっ」

カニンガム家と言われてようやく気付いた。

カニンガム家ということはサイラスの王都での自宅だ。なぜこんなところに連れて来られたのかと首を傾げるしかない。

「なぜカニンガム家に？　カニンガム家の女性の方にも出家されたい方がいらっしゃるのでしょうか？　一緒に修道院に行くことになっているとか？」

「あいにく、閣下の母上はすでに他界されており、直系では唯一残された方ですので姉妹もおりません」

「……」

ますます混乱する。ならば、なぜこんなところに連れて来られたのか。

「ひとまず中へお入りください」

狐につままれたような気分で屋敷に足を踏み入れる。

広々とした玄関広間の天井は大聖堂を思わせるドーム型で、ガラスを花に象《かたど》った意匠のシャンデリアが吊《つ》り下《さ》げられている。すでに芸術の域にあるその細工からは窓から差し込む日の光が七色に分散して煌めいていた。

その真下では赤島瑪瑙《めのう》の原石から掘り出したと思しき巨大な飾り壺が置かれている。周囲の壁には代々のカニンガム当主夫妻の肖像画が掛けられていた。

ヴェイン家も伯爵家であり、王都の屋敷はそれなりのものなのだが、格の違いにくらくらとする。玄関広間でこうも贅沢《ぜいたく》なのなら、他の部屋はどれほどのものなのかと溜め息が出た。

玄関広間には三世代前までの肖像画を展示しているらしい。

サイラスの曾祖父に当たる人物は褐色の髪に琥珀色《こはくいろ》の瞳の男性だった。黄金に近い琥珀色でフェイザー王国では珍しい色味だ。

肖像画が描かれたのは四十代ごろだろうか。その妻はまだ若い、金髪にハシバミ色の瞳の美しい女性だ。

二人の子息であるサイラスの祖父も褐色の髪と琥珀色の瞳。こちらの妻は亜麻色にエメラルドグリーンの瞳である。

先代当主の父も同じく髪は褐色、瞳は琥珀色だった。

どうやらカニンガム家の嫡男は褐色の髪と琥珀色の瞳が特徴らしいとわかる。

(閣下とあまり似ていらっしゃらないわね)

色彩だけではなく顔立ちもだ。曾祖父も、祖父も、父も皆どちらかと言えば厳《いか》めしい顔つきである。

(きっとお母様似なのね。きっと女神のように美しい方だったに違いないわ)

ところが、どこを探してもサイラスの母の肖像画がない。

首を傾げて辺りを見回していると、両脇の廊下からわらわらと同年代ほどのメイドたちが現れた。皆朗らかで歓迎ムードだったのでなおさら戸惑った。

「フィリス・ヴェイン様ですね？　お待ちしておりました」

「ささ、お荷物をお渡しいただけますか」

フィリスはこれから何をすればいいのかもわからず、「あの……」とメイドに恐る恐る声を掛けた。

「閣下は私に何かご用なのでしょうか？」

「ご用も何も閣下は――」

メイドは途中まで何か言い掛け慌てて口を自分の手で押さえた。

「私などよりも閣下のお口から直接窺《うかが》うのがよろしいと思います」

「ささ、閣下のもとへご案内いたします」

メイドの一人に促されそのあとを付いていく。

(閣下は何をお考えなのかしら?)

まったく想像できず戸惑うしかなかった。

「あの、そう言えば私の荷物は……」

「ご安心ください。お部屋に運び込んでおきますので」

「お部屋?」

なぜ部屋が用意されているのか——そう尋ねる前に応接間と思しき扉の前に到着した。

メイドが扉を二度軽く叩く。

「閣下、フィリス様をお連れしました」

「入れ」

扉が開けられ応接間に足を踏み入れる。

室内は落ち着いたサーモンピンクの壁紙で、床には同色の踏み心地のいい絨毯《じゅうたん》が敷かれていた。壁にはやはり黄金の額縁に納められた絵画が掛けられている。

ただし、こちらは異国の風景画だった。椰子《やし》の木に取り囲まれたオアシスや砂漠、月光に照らし出された石造りの塔などだ。

暖炉の隣には柔らかなニスの光る本棚が二台並べられ、書物がところ狭しと詰め込まれていた。この部屋を訪れた客が退屈しないようにとの配慮なのだろう。

家具は意匠が統一されており、布地の色は壁と同じくサーモンピンクで、異国の花柄が織り込まれている。

サイラスはそんな長椅子の一脚に腰掛けていた。

冷徹な印象の美貌が温かみのある配色の中で一層際立っている。長身痩軀《そうく》でありながら逞《たくま》しさも感じられる肉体は、金ボタンのあしらわれた濃紺の上着と白いトラウザースに包まれていた。

物憂げなアイスブルーの瞳に心臓がドキリと鳴るのを感じる。

サイラスがフィリスの顔を見て立ち上がる。

「フィリス」

「閣下……」

フィリスはひとまずスカートの裾を摘まんで挨拶をした。

「お久しぶりです。その、私に何か用事だったのでしょうか？」

「……」

サイラスの周囲の気温がさっと下がったのを感じる。一瞬、その背後にブリザードが吹き荒れる幻を見た。瞳の色も凍ったような色だけになおさら怖い。

(私、何かまずいことを言ってしまったかしら?)

「……とにかく座るといい」

「は、はい」

フィリスは勧められるままにサイラスの向かいの席に腰を下ろした。

すぐさま別のメイドが間にあるテーブルにカップを置きお茶を注ぐ。ミルクや茶だけではなく何種類かのクッキーも置いていった。

「まずは驚かせて済まなかった」

サイラスはお茶を一口飲んだ。フィリスもおずおずと口を付ける。

「次に、あなたに聞きたいことがある。……なぜ修道院に行くことを相談してくれなかった」

「えっ……」

思い掛けない質問に目を瞬かせる。修道院に入ることは現在のところ、まだ家族しか知らないはずだったからだ。

サイラスはフィリスが質問し返す前に更に問うた。

「なぜあなたではなくあなたの妹があの坊やと結婚することになったんだ」

「坊やってセドリックのことでしょうか？」

「ああ、そうだ。子どもにしか見えなかったからな。見てくれの問題ではない」

サイラスはフィリスから直に結婚式の招待状を受け取っていた。

フィリスが怪我をしたのでてっきり延期になったのかと思いきや、式を予定していた一週間前に今度はヴェイン家からあらためて招待状が送られてきた。招待客リストに名が掲載されていたので自動的に送られたようだ。

「あなたが熱で寝込んでいるから、替わりに妹をと説明されていたが有り得ない。いくら家同士の結婚とはいえ、直前に花嫁をすげ替えての結婚式など前代未聞だぞ」

サイラスによると挙式が執り行われた教会でも、披露宴会場となった王都のヴェイン家の屋敷の広間でも、招待客らは異様な事態に皆ざわついていたのだという。

バークレイ男爵などは一体全体どうなっているのかとセドリックに詰め寄ったのだとか。

「そうだったのですか……」

フィリスは頭が痛むのを感じた。

母は強行してしまえばあとはどうにでもなるとばかりに、自分が寝込んでいる間に事を進めてしまいたかったのだろう。その言動が招待客たちにどんな印象を与えるのかを考えなかったのか。

同時に、サイラスとバークレイ男爵が心配してくれたのだと知って胸が熱くなる。そう言えばバークレイ男爵も寝込んでいる間に何通か手紙を送ってくれていた。わずかでも気に掛けてくれる人がいたと知って嬉しかった。

「申し訳ございません。私だけではなく、ヴェイン家の問題でもあったので……」

修道院行きとなったのは両親からすれば傷物の、嫁ぎ先の当てのない娘を家に置いておきたくはない。ほとぼりが覚めた頃に本人が希望したとでも説明するのだろう。いくら今後関わることがないとはいえ、これ以上家の名を傷付ける真似《まね》はしたくはなかった。ただでさえ今回の結婚式の強行で常識を疑われていそうだからだ。

(それに、お金の管理をする者がいなくなって、これからあの家の財政はどうなるのかしら)

当分はセドリックの実家であるステア家から援助を引き出せるだろうが、いくらステア家でも渡せる金には限界がある。その後が心配でならなかった。

サイラスはフィリスの答えを聞き、膝の上に手を組んで目を落とした。

そのまま黙り込んでいたのだが、やがて低い声で獣のように唸《うな》る。

「あなたが修道院に行く理由は……まさかあの怪我が原因か？　傷跡が残ったのか？」

「……っ」

「あの坊やはその程度のことであなたを捨てたのか」

サイラスの目が自分の首筋に向けられたのを感じて、思わずその箇所を隠すように押さえてしまう。詰め襟のブラウスなので見えないはずなのに。

すでに女性としての価値は失われてしまい、自分にもそう言い聞かせていたはずなのに、まだ立ち直れていないのだと思い知らされる。

「どうかセドリックを責めないでください」

声の震えを抑えられない。

それでも、気力を総動員してセドリックを庇った。

「当然の、ことだと思います。こんな傷では舞踏会や晩餐会に出席できませんし、ステア家ほどの家柄となればそんな女を妻とすることはできないでしょう」

説明すれば説明するほど傷付いた心が更にズタズタになっていく。

涙が込み上げるのをぐっと堪えた。

「どうか私の家族やセドリックを責めないでください。仕方がなかったのです」

サイラスは食い入るようにフィリスを見つめていたが、やがて「……すまなかった」と後悔の色濃く滲《にじ》む声で謝った。

「私の責任だ」

「いいえ、閣下のせいではございません。どうか気になさらないでください」

傷跡が残ったのも家族やセドリックに裏切られたのも胸が切り裂かれたように辛い。だが、サイラスを恨んだことはなかったし、あの時庇ったことを悔やんでもいなかった。

「もし、あの時私ではなく閣下が大怪我をし、万が一命に関わる事態となっていれば、私は一生後悔し、それこそ修道院へ入っていたと思いますから」

サイラスのアイスブルーの目が見開かれる。薄く形のいい唇が遠慮がちに動いた。

「私は……そんなあなただからこそ」

言葉が途切れサイラスは再び足元に目を落とした。

「閣下、どうなさいました？」

気分が悪くなったのかと心配になり立ち上がる。その銀髪に囲まれた冴え冴《さざ》えとした美貌を覗き込んだところで、不意にサイラスが顔を上げたのでドキリとした。

「フィリス」

「は、はい」

サイラスも長椅子から立ち上がると、そのまま跪《ひざまず》いたので度肝を抜かれた。

「か、閣下？」

「フィリス、私と結婚してほしい」

「……？」

青天《せいてん》の霹靂《へきれき》どころではない唐突な求婚に呼吸が止まる。

サイラスはフィリスに構わず言葉を続けた。

「あなたが婚約を破棄されたのは私の責任だ。まだ十八の身空で修道院行きなどそんな目に遭わすわけにはいかない」

その傷跡がある以上、他家に嫁ぐことは絶望的だ。だが事情を知る自分なら問題ないと。

「閣下……」

ようやく求婚の理由を飲み込めたので溜め息を吐く。

サイラスは罪悪感を覚え、同情してくれているのだろう。一層傷物の我が身が惨めになった。

「何をおっしゃいますか。カニンガム家は名門公爵家。私のような傷物の女が嫁ぐわけには……」

サイラスがすかさず言葉を被《かぶ》せる。

「私にはすでに両親はなく口うるさい兄弟姉妹もいない。それ以前に、一族の中で私に異を唱えることができる者などいない」

確かに、国王の信頼厚い宰相。しかも、ずば抜けた頭脳のサイラスに反対できる者がいるとは思えなかった。

それでも、はいと頷くわけにはいかなかった。

きっとセドリックと話し合い、納得して別れたわけではないからだろう。まだ心の整理がついていない。未練がある。加えて自分の心情以上に大きな問題があった。

「私を心配してくださってありがとうございます。ですが、やはりお受けできません」

「なぜ」

意志の強いアイスブルーの視線がフィリスを射抜く。一歩も引く気はないらしい。今まで知らなかった押しの強さにたじろぎつつもフィリスは説明した。

「この通り私は傷物の身です」

言葉だけでは不十分だろうと、顔から火が出そうだったが、羞恥心を堪えてブラウスのボタンを上から外して行く。更にコルセットの紐《ひも》を外して傷跡を曝け出した。

サイラスが息を呑んだのを感じる。

フィリスはそれ以上目を合わせていられずに俯《うつむ》いた。

「ご覧になればおわかりでしょう」

首筋から胸の谷間に掛けて走る、赤く引き攣り、のた打つミミズにも似た醜い傷跡。

「こんな体ではドレスを着られませんし、ドレスを着られないとなれば舞踏会にも晩餐会にも出席できません。そんな女が閣下の妻になるわけには……」

「――フィリス」

サイラスは立ち上がったかと思うと、上着を脱いでそっとフィリスの剝《む》き出しの体に掛けた。

「また辛い思いをさせてしまった。……すまなかった」

肩に手を置きフィリスを見下ろす。

「フィリス、私が社交界で変人だと噂されているのは知っているだろう。舞踏会にも晩餐会にもほとんど出席したことがないとも」

「は、はい……」

「私はこの行動パターンを改める気はないし、国王陛下からもお許しはいただいている。あなたもそうすればいい」

つまり、社交界に顔を出す必要はない。だから、傷跡があろうと問題ないというのだ。

「……」

きっぱりと言い切られて唖然《あぜん》とする。

サイラスは「それに」とフィリスの目を覗き込んだ。

アイスブルーの目を縁取る濃く長い睫毛が触れ合いそうな距離にまで近付く。フィリスは心臓がドキリと鳴るのを感じた。

初めてキスをされた少女のようにときめいてしまったのだ。長い付き合いの中でセドリックとも軽い口付けくらいは交わしていて、その時にはドキドキするというよりは穏やかな気持ちだったのに――

サイラスはその距離のままフィリスを説得した。

「私と結婚した方があなたのご家族も安心するのではないか。修道女よりもカニンガム家の当主の妻となる――そちらの方が外聞もいいだろう」

サイラスの言うとおりで反論の余地がない。家族を持ち出されるとフィリスは弱かった。

それ以前に大貴族のカニンガム家当主から結婚を申し込まれ、断れる令嬢などフェイザー王国広しといえどもほぼいない。

「フィリス、もう一度返事を聞きたい。私と結婚してくれないか」

「……はい」

結局、フィリスはサイラスの求婚を承諾するしかなかったのだった。

第二章　傷物の公爵夫人

サイラスとの挙式は代々のカニンガム家当主が生涯の愛を誓い合った教会の大聖堂で執り行われた。

純白と臙脂《えんじ》色の祭服を身に纏った大司教が、祭壇前で厳かに誓いの言葉を読み上げている。

「その命ある限り、真心を尽くすことを誓いますか？」

「誓います」

サイラスの掠れた重低音の声がフィリスの耳を擽《くすぐ》った。

大聖堂内にずらりと並んだ長椅子に招待客はいない。双方の家族、親族すら教会内のどの席にもいない。サイラスはフィリスを見世物にしないという約束を守ってくれたのだ。

フィリスはサイラスの気遣いをありがたく思うのと同時に申し訳なくなった。

いくら気難しく変人だと名高いとはいえ、サイラスも名門公爵家の当主なのだ。国王夫妻を初めとして数百人は招待し、披露宴は豪勢に行うのが社交界の常識である。

サイラスはフィリスがすまなく思っているのを感じ取ったのか、挙式の直前「二人きりの件を気にする必要はない」と言い切った。

『私も見世物になるのは好まないからな』

それにしてもと隣に立つサイラスをちらりと見る。

いくつもの勲章が胸にある緋色《ひいろ》の花婿衣装のサイラスは、フィリスも惚《ほ》れ惚《ぼ》れするほど美しく逞しかった。

もし一般的な挙式と披露宴が執り行われていれば、自分よりもサイラスが称賛されていただろうと内心頷く。

「新婦フィリス、あなたは健やかなるときも、病めるときも、喜びのときも、悲しみのときも、富めるときも、貧しいときも、これを愛し、これを敬い、これを慰め、これを助け、その命ある限り、真心を尽くすことを誓いますか？」

フィリスは慌てて前を向いて頷いた。

「誓います」

（私ったら何をしているの。閣下に見惚れるなんて）

「では、指輪の交換を」

自分を叱り付けサイラスと向き合う。

数ヶ月前まではセドリックの花嫁になるのだと心躍らせていたのに、まさかサイラスと結婚するとは想像もしていなかった。人生とは奇妙なものだと思いながら、自分の左手薬指に指輪が嵌《は》められるのを見守る。

フィリスもサイラスの左手薬指に指輪を嵌め返し、続いて誓いのキスの儀となった。脇から現れた見習いの少年がヴェールを上げてくれる。

アイスブルーの双眸が自分の花嫁姿を映し出している。

サイラスはフィリスが傷跡を気にしないようにと、首から胸元に掛けてをレースで覆い隠す、洗練されたデザインのウェディングドレスを発注してくれた。

昨今流行している胸元が露《あら》わなドレスよりもずっと上品で優雅だった。サイラスの思いやりを感じ取れる。

(閣下は責任感からこんなに親切にしてくれるんだわ)

そう思うとなぜか胸がズキリと痛む。その正体を確かめる間もなく、大司教に「では、誓いの口付けを」と促された。

睫毛と睫毛が触れ合う距離になり、心臓がドキリと跳ね上がる。

厳冬の月光を思わせる銀髪と冴え冴えとして冷たさすら感じる美貌。瞬《まばた》きもできずにアイスブルーの瞳に魅せられるうちに、乾いた唇がそっと押し当てられた。

サイラスの唇はフィリスが予想していたよりもずっと熱かった。


カニンガム家はフェイザー王国の王侯貴族でも王家に次ぐ名門である。そんな名門の当主が子孫を残さないわけにはいかない。

いくらこの結婚がサイラスの罪悪感によるものであり、社交界に顔を出す必要はないとの好条件があっても、妻として枕を交わし、子をもうける義務は避けられない。

フィリスもその義務を大貴族の妻の当然の責務だと受け取っていた。

(私はそれ以外に公爵の妻らしいことを何もできないんだもの)

せめて夜の勤めと出産と子育てくらいは頑張りたかった。

挙式がつつがなく終わり初夜を迎える。

その夜フィリスは緊張した面持ちで、ベッドの縁に腰掛けサイラスを待っていた。

サイラスの寝室は天井も、壁紙も、調度品も淡青色を基調としており、あるべき位置に適切に配置され、一分の隙もない統一感がある。天蓋付きのベッドのシーツにも乱れがない。

フィリスは自分だけが不完全で、この場に相応しくはない存在に思えて落ち着かなかった。

（閣下はこの傷跡を見て、私を抱く気になれるのかしら……）

ネグリジェ越しにそっと傷跡を指先でなぞる。

メイドたちもフィリスの傷跡については知っており、喉元からレースで覆う可愛らしいデザインの寝間着を選んでくれた。彼女たちの親切に報いることができるのか不安になる。

（だって、セドリックは私を捨てたのに）

それ以外にも今夜はもう一つ懸念があった。

胸が暗い思いに覆い隠されそうになったところで、扉が軽く叩かれたのでビクリとする。

「フィリス、起きているか？」

「は、はい」

緊張しすぎて眠気など覚えなかった。

扉がゆっくりと開けられガウン姿のサイラスが姿を現す。

ランプのオレンジ色の光に照らし出されたその美貌を、フィリスはまともに見ることができなかった。

サイラスはフィリスの隣に腰を下ろした。

「フィリス、こちらを向いてくれないか」

断れるはずもなく恐る恐るサイラスと顔を合わせる。

アイスブルーの瞳がフィリスだけを見つめている。気恥ずかしくなってつい目を逸《そ》らそうとしたのだが、サイラスがそれを許さなかった。

不意に顎を掴まれ上向かされる。

「フィリス、話を聞いてほしい」

視線を注ぎ込まれるように見つめられ、フィリスの心臓が早鐘を打ち始める。

セドリックを愛していたはずなのに、なぜ心揺さぶられるのか。サイラスの美貌のせいなのか。

「あなたにとってこの結婚は不本意だろう。その分、私はあなたに生涯誠実でいると誓う」

サイラスはよほど責任感が強いのか、その眼差しは真剣そのものだった。

「ありがとうございます。もったいのうございます……」

挙式の際以上に真心のこもった誓いの言葉に胸を打たれてしまう。それだけに、初夜がなおさら恐ろしくなった。

（こんなにおっしゃってくれているのに、閣下を失望させたくはないわ）

「閣下……」

恐る恐る話を切り出す。

「その……今夜は身籠もる可能性は少ないかと思います。申し訳ございません」

名門公爵家当主のサイラスからすれば、女性との結婚の目的はまず跡取りを得ることだろう。だが、時期的に今夜授かるのは難しいと思われる。

「申し訳、ございません。今後頑張りますので」

「そんなことはあなたの責任ではないだろう」

サイラスはフィリスの頬に軽く口付けた。

「あなたは私の妻でいてくれるだけで構わない。それ以外何も求めることはない。あなたが望まないのなら子どもも……必要ない。養子を取ればいいだけの話だ」

「えっ……」

名門の公爵としては有り得ない発言だった。

(だって……子どもがいらないなんて……)

カニンガム家の直系はサイラスしかいない。遠縁の分家には男児がいないこともないが、やはりサイラスの血を引くに越したことはないだろう。

フィリスはそこまで気を遣わせているのだと申し訳なくなった。

(閣下は私程度の女に心を砕きすぎだわ。責任感から結婚してくださるのに。なら一層心

を込めてお仕えしなければ）

責任感からの結婚というフレーズに胸がズキリと痛むのを感じる。

「何をおっしゃいますか。できる限りのことはさせていただきとうございます。だって、閣下には感謝しかございません。私のような傷物を引き取っていただいて……」

「……」

サイラスが黙り込んだので慌ててしまう。

（いけない。こんな言い方は卑屈すぎるわ。でも、他になんて感謝していいのかわからない）

結婚も肉体も未来も失い、行き場を失くした自分などと結婚してくれるのだ。フィリスとしては最大級の感謝のつもりだったのだが――。

「フィリス」

名を呼ばれ応える前にベッドに押し倒されたので驚いた。

「か、閣下？」

両手にサイラスのそれが絡められる。

「今夜から閣下ではない。サイラスと呼んでほしい。私はあなたの夫なのだから」

アイスブルーの瞳に炎が点《とも》っている。

「で、ですが……」

不敬過ぎると説明しようとしたのだが唇を塞がれ吐息ごと言葉を奪われる。

「んっ……」

セドリックと交したそよ風のような口付けとは全然違う。嵐を思わせる激しく熱い口付けだった。

「んんっ……」

動揺し、わずかに開けた唇の狭間《はざま》からぬるりと熱い何かが滑り込む。それがサイラスの舌なのだと気付いて、思わず肩をビクリとさせいやいやと首を振った。

（こ、んな……）

こんな口付けなど知らない。

舌先で自分のそれの表面をざらりと撫ぜられ思わず瞼をかたく閉じる。

「……っ」

心臓が早鐘を打ち全身が熱を持つのを感じた。

舌の輪郭を丁寧になぞられ、絡め取られ、唾液が混じり合うごとに背筋がぞくぞくと震えてしまう。音を立てて吸われると、吐息ごと奪われ、息苦しいはずなのに、止めてほしいとは思えなかった。

（わ、たし、どうしてしまったの）

サイラスの唇が不意に外される。

サイラスはその眼差しを注ぎ込むようにフィリスを見つめていたが、やがてそっとその頬を撫で「あの坊やのことは考えないでほしい」と囁《ささや》いた。

「えっ……」

確かに、一度セドリックの口付けを比べてしまったのだが、まさか心を読まれていると
は思わなかったのでぎょっとする。

「フィリス、あなたは私の妻だ」

頬に添えられたサイラスの指先にわずかに力が込められた。

「どうしても考えてしまうというのなら、考えさせないようにするまでだ」

「さ、サイラスさっ……」

言葉はまたもやサイラスの熱い唇に塞がれ、行き場をなくした。

上顎の輪郭を舌先でなぞられたかと思うと、再び舌を軽く、強くと緩急をつけて吸われ、
唾液がくちゅくちゅと淫らな音を立てる。

もうサイラスのものなのか、自分のものなのかもわからない。

やめてほしいとは思わないのにひどく恥ずかしい。矛盾した感覚にフィリスが混乱して

いると、サイラスが体をゆっくりと起こし、ガウンの腰帯を解いた。

「……っ」

生まれて初めて見る生身の男性の肉体に息を呑む。

女性の自分とはまったく違う。肩と胸は筋肉で盛り上がっているのに、腹部は引き締まっている。柔らかな部分などどこにもない、裸身であるはずなのに鎧《よろい》を思わせる肉体だった。

「……っ」

思わず目を逸らす。

古代の彫像さながらの美身を目の当たりにしてしまい、ますます自分の肉体に負い目を覚える。口付けの衝撃などもう吹き飛んでしまっていた。

サイラスの長い指がネグリジェのボタンにかけられた時には、つい「嫌っ」と拒絶の声を上げてしまった。

「フィリス？」

「も、申し訳ございません。無礼な一言を……」

情けなさに目の端に涙が滲む。堪《たま》らず顔を覆って切々と訴えた。

「閣下、もし私の体が醜いと思った時点で、止めていただいて構いません」

傷跡を確認したあの日の衝撃が脳裏に蘇《よみがえ》る。本人ですら何匹ものミミズがのた打つようで気味が悪いと感じたのだ。男性のサイラスならなおさらだろう。

「愛妾《あいしょう》を迎えていただいても構いません。もちろん、お二人の仲を邪魔するような真似もいたしません。お子様が産まれても心を込めてお世話します」

サイラスはフィリスを見下ろしていたが、やがてそのアイスブルーの瞳に青い炎が灯《とも》った。

「フィリス、あなたは私が妾《めかけ》を囲うような、そんな真似ができる男だと思っていたのか？」

フィリスは先ほどの謝罪がサイラスの怒りを買ったのだと震え上がった。

「そ、そういうわけではございません。……申し訳ございません。ただ、私は……」

「フィリス、私はあなた以外必要ない」

サイラスはきっぱりとそう言い切り、フィリスのネグリジェのボタンを外していった。

「あなた以外の女など……反吐《へど》が出る」

穏やかではない一言に、自分ではない何者かへの憤りを感じ取り、フィリスは目を瞬かせた。

（サイラス様は、昔女性と何かあったのかしら？）

だが、バークレイ男爵がサイラスは変人並の堅物だと苦笑していた。子どもの頃からサイラスを知っているのだから実際そうなのだろう。

「サイラス様……」

フィリスはなぜ愛妾を迎えられないのかを尋ねようとしたのだが、その前にネグリジェの合わせ目をはだけられて目を見開いた。

「さ、サイラス様っ……」

ネグリジェの下にはレースのシュミーズしか身に着けていない。肌が透けて見えるのでサイラスの目にも晒されていることになる。

「やっ……」

「あなたは美しいな」

思わず胸を覆い隠そうとしたのだが、その前にシュミーズをずり下ろされてしまった。

「……っ」

露わになった二つの豊かな乳房がふるりと揺れる。

「……っ」

フィリスはサイラスの視線が自分の傷跡をなぞっているのを感じた。首筋から胸の谷間に掛けて走る、赤く引き攣り、のた打つミミズにも似た醜い傷跡――

恥ずかしくて、情けなくて、堪えていた涙が一滴頬に流れ落ちる。

(やっぱり、こんな体じゃ……)

フィリスが二度人生を諦めかけたその時、不意に熱い何かが首筋に押し当てられた。

「さ、サイラス様……?」

サイラスの唇だった。

「あなたには辛い思いをさせた。……すまなかった」

引き攣った部分を舐められ思わず「んっ」と鼻に掛かった甘い声を出してしまう。

(私、傷跡を見られているのにどうしてこんな声……)

自分の気持ちがわからず混乱する。

サイラスはその間にもフィリスの傷跡に口付けを落としていった。

「あなたが命を懸けて私を守ってくれた証《あかし》だ。何を醜いことがあるだろう」

「……っ」

思い掛けない一言に視界が揺れる。サイラスは言葉を続けた。

「フィリス、あなたは美しい。こんな傷跡程度であなたの価値は損なわれることはない。

私が誰よりも知っている」

——私が誰よりも知っている。

耳を擽る優しい囁きにまた目に涙が盛り上がる。

（あなたはどうしてそんなに優しくしてくれるの）

決まっている。同情と責任感だ。

だが、それでもサイラスの言葉はフィリスのまだ血を流し続けていた心の傷に、そっと染み込んで癒やしてくれた。

「フィリス」

「あっ……」

サイラスの舌が淫らな生き物となってフィリスの傷跡を道しるべに、首筋から鎖骨、鎖骨から胸元へと下りていく。胸の谷間に顔を埋められ、くせのない銀髪に肌を擽られると、また背筋がゾクゾクとした。なのに、同時に体が火照るのも感じる。

（な、に。この感じ……）

次の瞬間、右の乳房の頂を唇で食《は》まれ、「ひゃっ」と我ながら奇妙な声が漏れ出る。

「さ、サイラスさ……あっ」

今度はちゅっと音を立てて吸われ身を捩《よじ》らせる。

「だ……め……いけません、そんなのっ……」

赤子でもないのに女性の乳を吸うなど有り得ない。そう抗議しようとしたのだがサイラスが止める気配はない。それどころか、今度は軽く嚙《かじ》ってフィリスを責めた。

「やぁんっ」

思わずシーツを摑みいやいやと首を横に振る。

「フィリス、あなたは随分感じやすい体をしているようだ」

「そ……んなことっ……」

淫らな女だと嗤《わら》われたようでぎゅっと瞼を閉じる。

体の中でも敏感な箇所のひとつをかたいもので刺激されているのだ。感じない方がおかしいではないかと抗議しようとすると、舌先で軽くしゃぶられていたそれを弾《はじ》かれた。

「あんっ……あっ……あっ……」

この信じられないほどはしたない喘《あえ》ぎ声が、自分の口から漏れ出ているのが信じられない。続いて手で強く、弱く、更に緩急を付けて揉《も》み込《こ》まれると、ピンと立った胸の頂を中心に乳房全体がじわりと熱を持った。

フィリスは初夜の心得を学んでいたので、この淫らな行為が胸だけで終わるわけがない事を知っていた。

（私、これからどうなってしまうの……）

そんなフィリスの心の声に応えるかのように、骨張った長い指がフィリスの足の狭間に潜り込む。

「……っ！」

サイラスの指の動きとともにくちゅりと聞くに堪えない音が聞こえる。

胸を弄《いじ》られながらうすうす感じていたのだが、フィリスの花園は生まれて初めての官能に反応し、すでにわずかだったが蜜を放出していた。男を惑わせ、誘い込む香《かぐわ》しく甘い蜜だ。

サイラスは指を引き抜くと、ぬらぬらと怪しく光る爪を舐めた。

薄い唇が濡《ぬ》れ端整な美貌を汚《けが》しているような罪悪感に駆られてしまう。

「あなたは随分と感じやすい体をしている」

「そ、んな……。そんなこと、言わないでくださいませ……」

煙となってこの場から掻《か》き消えたい心境になる。

「たまらないな」

「あっ……」

サイラスは再びフィリスの花園に人差し指、中指を侵入させた。二本の指で花弁や花心の輪郭をなぞり、時折摘まんでフィリスの最も感じる部分を探っていく。

「……っ……っ……あっ」

フィリスは目をかたく閉じ、手の甲で口を覆って耐えていたが、人差し指が花弁を割って隘路《あいろ》に潜り込んだ時には、その異物感に思わず声を上げてしまった。

「やっ……」

誰も立ち入ることのなかった清らかな処女地を蹂躙《じゅうりん》されているのを感じる。だが、その行為は前段階ですらなかったのだとまもなく思い知ることになる。中でくいと指を曲げられ体がベッドの上で撥《は》ねる。

「……っ！」

足の爪先が反射的にピンと立った。

「あ……あっ」

隘路を掻かれ弱い箇所を抉られるたびに、視界に火花が飛び散りいやいやと首を横に振ってしまう。腹の奥から背筋、背筋から首筋に掛けて痺《しび》れが走った。

「ああっ」

子壺にたまった熱がトロトロと溶け出し、蜜となって足の狭間のブロンズの和毛《にこげ》とサイラスの手を更に濡らす。

何かに縋《すが》り付《つ》きたくて手を伸ばし、サイラスの肩を摑んだ。

「サイラス様……っ」

次の瞬間、隘路から指がするりと抜け出たかと思うと、熱くかたくはるかに質量の大きなすりこぎにも似た何かが宛《あて》がわれる。

それが男性にしかない肉塊なのだと気付いた直後、ぐぐっと押し入られる感覚に背筋を仰《の》け反《ぞ》らせた。

「……っ」

初夜の心得にも注意書きされており、覚悟していた痛みはさほどなかった。先ほどの愛《あい》撫《ぶ》である程度隘路が緩んでいたからだろうか。それでも、慣れない圧迫感に息ができなくなる。

サイラスの分身はフィリスの蜜を纏《まと》わり付かせながら、じゅくじゅくと淫らな響きを立てて奥へ、奥へと侵入していった。

「や……あっ」

隘路を内側から押し広げられ、反射的にサイラスのそれをきゅっと締め付けてしまう。

「くっ……」

端正な美貌が甘美な苦痛に歪《ゆが》んだ。

「や……ぁ……サイラス、さまぁ……」

救いを求めて左手を上げたが、すぐさまベッドに縫い止められてしまう。

「あっ……あっ……あああっ」

なんの前触れもなく最奥まで一気に突き上げられ、閉じていた目を見開きサイラスの肩越しにベッドの天蓋を凝視する。

体の中で何かが壊れた感覚があった。まもなく隘路がジンジンと痛む。だが、痛みよりも体の中心を貫く肉塊への異物感と灼熱《しゃくねつ》への恐れが勝った。

「あ……あっ」

拒絶する間もなく奥を突かれ腰が小刻みに震える。擦られるごとに熱で隘路が溶け蜜となって漏れ出る錯覚に陥った。

サイラスの分身は貪欲に最奥まで潜り込んだかと思うと、次は出入り口近くまで一気に引き抜き、フィリスが一息つこうとしたところでまた深々と突き立てた。

「ひっ……あっ……ああっ……」

弱い箇所をズンと抉られ悲鳴とも嬌声《きょうせい》ともつかぬ甲高い声を上げてしまう。快楽と苦痛は背中合わせにあるのだとフィリスはこの時初めて知った。

「ああ……フィリス……あなたの中は、熱い。こんなにもヌルヌルしている。奥まで私を誘い込んでいる」

「……っ」

自分がそんないやらしい女であるはずがないと訴えようにも、体が反応しているのだから否定できない。羞恥心と快感が入り交じり涙が込み上げてくる。一方で、突き上げられるたびに体は弓なりに仰け反った。

（し、らない。こんな私、知らない……）

「フィリス……」

低く掠れた声で名前を囁かれ、熱い吐息に耳元を擽られただけで、もう感じてしまう始末である。

角度を変えて弱い箇所を突かれると、隘路から脳髄に雷が走って目の前が真っ白になった。

「ああっ……あっ……やっ……はっ」

大きく実った乳房はサイラスの逞しい胸に押し潰され息もできない。空気を求めて唇を開くとサイラスに口付けられ最後の吐息すら奪われた。

その間にも最奥を掻き混《ま》ぜられ、接合部で蜜が泡立《あわだ》つのを感じる。

（熱い……苦しい……こんな……こんないやらしい真似……）

なのに、止めてほしいとは思わない。

圧倒的な腕力差で征服される被虐の快感にフィリスは身悶《みもだ》え翻弄された。

サイラスがフィリスとの接合部に全体重をかける。

「あっ……」

最奥の更に奥にある子壺への入り口をぐりぐりと刺激される。

「あっ……そこはっ……」

駄目、と懇願しようとした直後に、ぐっと抱き締められ動きを封じられた。

「あっ……」

フィリスは目を見開きサイラスの手に爪を立てた。

「くっ……」

熱い何かが体内で弾ける。あまりの熱さに体の内側から焼け焦げてしまいそうだった。

「ああっ……」

サイラスと同時に大きく身震いをする。

「やあっ……」

サイラスは肩で大きく息を吐くと、フィリスの胸に顔を埋めて溜め息を吐いた。フィリスの肌に滲んだ汗を舐め取る。

「……っ」

サイラスの分身がまだ体内で脈打っている。

フィリスはもう引き返せないところまで来たのだと思い知りまた涙を流した。一体どんな感情から流した涙なのかは自分でもわからなかった。

＊＊＊

サイラスとの結婚はセドリックとの婚約破棄後、怒濤《どとう》のごとく、かつ電光石火で執り行われている。

挙式には家族を招待しなかったので、その間一切顔を合わせることはなかった。

すでに他家に嫁いだ身ではあるが、一言の挨拶もなく家を出るのは気が引ける。

また、王都、領地双方の屋敷の身の回りの品を取りに行く必要もあり、まずは王都の、次いで領地の屋敷へ帰郷した。

屋敷に足を踏み入れたフィリスを、メイドが一斉に出迎える。

「フィリス様、お帰りなさいませ！　いいえ、今は公爵夫人でしたね」

「あら、フィリスでいいのよ。皆は元気だった？」

フィリスはヴェイン家にいた頃、メイドのまとめ役も担っていただけに、使用人の現状を心配していた。

浪費家の両親が財産や領地から入る収入――地代を食い潰していたので、このところ賃金を初めとする待遇が悪化していたのだ。

フィリスが家にいた頃にもメイド長を含めた数人が謝罪しつつ退職している。

メイドの一人が「おかげさまで賃金はなんとか……」と苦笑した。

「宰相閣下とステア家が援助をしてくださっているので。ただ、現在私がメイド長の代理となっていますが、経験不足でまとめきれない状況です。……申し訳ございません」

「あなたが謝ることではないわ」

「執事代理に経験者を雇ってほしいと全員で訴えているのですが……」

何かと言い訳をして求人をかけようとすらしないのだとか。

（おかしいわ）

不審に思い眉を顰める。

貴族二家からの援助があるのなら財政に不安はなくなったはずだ。メイド長一人くらい雇えないはずがないのに。

「迷惑を掛けてごめんなさいね。私が責任をもって掛け合うわ」

それでも不満が解消されなかった場合、新たな勤め先を紹介するとも約束した。

メイドたちの顔がぱっと輝く。

「ありがとうございます！」

一体全体両親は何をしているのかと憤る。

(私のことはもういいわ。でも、使用人をないがしろにするなんて)

父のバーナードや母のキャサリンだけではない。アンジェリーナも使用人を人とも思わぬところがあった。

身分差がある以上区別は必要だが、だからと言って粗末に扱っていいわけではない。

使用人たちは金で雇われているだけなのだ。条件が悪化すればメイド長のように勤め先を変えるだけ。

近頃フェイザー王国は目覚ましい経済成長で、都市部にブルジョワジー層が次々と誕生し、成り上がった平民とともに新たな階層を形成しつつある。そんじょそこらの貴族より裕福な者も少なくない。

そうした新階層が王都に豪奢《ごうしゃ》な屋敷を建て、メイドを雇い入れるようになったのだ。待遇が貴族よりいい場合もある。

つまり、使用人たちは選択肢が増えたことになり、ヴェイン家もうかうかしている間に、気が付くと有能な使用人がいなくなっていた……などという事態になりかねない。

セドリックは金を出しているだけで、ヴェイン家の管理を手助けしてくれないのかと気になった。

ひとまず両親に挨拶をしようと二人が待つ応接間を目指す。

「失礼いたします」

応接間でフィリスを待っていたのは両親だけではなかった。なぜかセドリックとアンジェリーナも長椅子に腰掛けている。

セドリックの顔を見てさすがに動揺する。少々顔色が悪く疲れているように見えた。

（どうしたのかしら。新婚で幸せいっぱいの頃のはずなのに）

だが、すでに自分は公爵夫人。感情的な態度を取っては夫であるサイラスの顔に泥を塗ってしまう。

フィリスは背筋を伸ばして微笑んだ。

「皆様、お久しぶりです。お元気でしたか？」

父のバーナードが引き攣った顔で立ち上がる。

「やあ、フィリス、お帰り。座ってくれ」

一般的に身分が上の者を出迎える際には、低い者の方が立って待っているのが貴族の常識だ。

だが、家族もセドリックもフィリスが格上となった実感を持てないのだろう。誰も腰を上げようとはしなかった。

最も、フィリスはすでに諦めの境地にいたので、咎《とが》めることはなかったのだが。

フィリスは勧められるままに上座に当たる長椅子に腰を下ろした。さすがにこの程度の配慮はせざるを得なかったらしい。

「本日は身の回りの品を取りに戻りました。すぐにお暇《いとま》しますので気を遣わないでください」

「その、閣下はなぜ一緒に来なかったんだ。せっかく全員でお待ちしていたのに」

「申し訳ございません。急用が入りまして……」

領地の屋敷に戻ると連絡を入れた際には、サイラスも付き添うことになっていた。

ところが、直前になって宮廷で大規模な横領事件が発覚し、国王に事態収拾に駆り出されたのだ。結果、フィリスは一人で里帰りをすることになった。

サイラスは一人でいいのか。延期してもいいのではないかと心配してくれたのだが、すでに結婚までしている大人の女性なのだから大丈夫だと予定通りに領地に向かった。

「代わりに、お父様たちへの手紙を預かっております」

控えていたメイドに手紙を手渡し父のもとへと運んでもらう。

手紙と言っても内容は訪問できなかった謝罪と挨拶程度だ。

バーナードはそれが不満だったようで、「これだけか?」とフィリスに問うた。

「これだけとは……」

フィリスはすぐにバーナードの意図を察して口を噤《つぐ》んだ。

つまり、父はサイラスに宮廷での地位なり、身分の向上なり、金銭の援助なり、なんらかの便宜を図ってほしいと考えているのだろう。

サイラスからは今のところそのような話は持ち掛けられていない。

そもそも、慰謝料の名目で多額の援助をしてもらっただけではない。責任を取って傷物の娘と持参金なしで結婚までしてくれたのだ。それ以上何かを要求するなど恥を知っていれば有り得ない。

バーナードは媚びるような目付きでフィリスを見つめた。

「ほら、お前も実家がしっかりしていた方がいいだろう?」

ならば、フィリスがサイラスを動かせと言いたいのだろう。

(私はそんなことを頼める立場ではないのに……)

サイラスは罪悪感と同情、責任感から自分を引き取ってくれたのに過ぎないのだ。これ以上我が儘《まま》を言うわけにはいかなかった。

「かしこまりました。閣下にお伝えしておきます」

バーナードが妙にへりくだった態度で話し掛けてくる一方で、母のキャサリンは不満げに口を閉ざしておりアンジェリーナも同じ表情だ。

セドリックは何か言いたそうに時折チラチラと見てくる。なんとも奇妙な顔合わせだった。

フィリスは挨拶を済ませたのち自室へ向かい、メイドとカニンガム家から付いてきた侍女に、荷物をまとめるのを手伝ってもらった。

「ドレスや宝飾品はこれだけですか？」

「ええ、私物持ちがいいから」

「ですが、伯爵家の令嬢でしたのに……」

侍女はフィリスの持ち物の少なさに不満そうだ。「まあ、これから買い足していけばいいですからね」と呟いていた。

「フィリス様、出発は二時間後でよろしいでしょうか？　日が暮れないうちがよろしいかと思います」

「ええ、そうね。それまで屋敷でのんびりしているわ」

「かしこまりました。では、その頃玄関広間でお待ちしておりますね」

私物を馬車に運び込むのを侍女と召使いに任せ、あらためて十八年の月日を過ごした室内を見回す。

王都の屋敷と代わる代わる暮らしてきた部屋だが、こうして多くもない持ち物を取り払うと知らない場所に見える。

当初は一泊くらいはと考えていたのだが、キャサリンはサイラスが同行していたのならともかく、フィリスだけがこの屋敷に滞在するのをよしとしていないようだと敏感に感じ取っていたからだ。

（これでは里帰りとは言えないわね……）

アンジェリーナと同じく確かにその腹から生まれたはずなのにと寂しくなる。

（これからも帰ることはそんなになさそうね）

落ち込みそうになったので、気分転換をしようと廊下へ出た。階段を下り踊り場にある肖像画を見上げる。

祖父が正装に身を包んだ立ち姿が描かれている。以前はその隣に祖母の肖像画も並んでいたのだが、祖母の死後にキャサリンの指示により外されている。よほど姑を嫌っていたのだろう。

キャサリンは貴族の令嬢として蝶《ちょう》よ花と育てられ、長じて社交界でバーナードと恋に落ちヴェイン家に嫁いだのだが、当時存命だった祖母は祖父と同じく厳格な女性だった。

『いずれ私が死んでしまえばあなたがヴェイン家の女主人になる。だから、この家を取り仕切るだけの力量を身に付けてもらう』

今覚えなければ将来困るのはこの家だけではなくキャサリンもだからと、そう告げて甘やかしはしなかったのだと聞いている。

母にはそれがひどく辛かったらしい。バーナードに請われてこの家に嫁いでやったのにと、いつも不満そうだったと祖母は苦笑していた。

『フィリス、あなたは賢いからわかっているだろうけど、バーナードは悪い子ではないのだけど、キャサリンが至らない分を補うだけの力量はないわ』

だから、キャサリンには自分でなんとかできるようになってほしかったんだけどと溜め息を吐いてもいた。

嫁を見限らなかったこその厳しさだったのだろうが、その思いはキャサリンには届かなかったらしい。

代わりに、せめてフィリスが嫁ぎ先で苦労しないようにと、淑女や嫁ぎ先での女主人としての心得やノウハウを叩《たた》き込《こ》んでくれたのだ。

できればアンジェリーナも同じように教育したかったのだが、キャサリンは祖母とアンジェリーナとの交流を嫌い、この屋敷では常時手元に置いていたので叶《かな》わなかったとぼやいていた。

『可愛《かわい》いだけでなんとかなるのはせいぜい二十代半ばまで。そこから先は女も容姿以外の力量を求められるようになる。アンジェリーナが将来苦労しないといいんだけど……』

キャサリンからすればそんな姑に教育された長女は、ただでさえ姑そっくりで気に入らなかったのに、加えて小賢《こざか》しくなったとますます嫌いになったのだろう。

若返った姑に監視されている気分になったのかもしれない。

嫁いだ今ならその心境が少々理解できる気がした。

（でも、私なら義父や義母が生きていて、色々教えてもらった方がいいと思うのだけど……嫁いだ先がそれなりの家ならなおさらだわ）

フィリスが嫁いだカニンガム家には嫁姑問題はない。姑どころか舅《しゅうと》もすでに他界しているからだ。つまり、カニンガム家のしきたりや家庭の歴史を継承してくれる先代もいないということになる。

何も知らないまま妻の座に胡座《あぐら》をかき、好き勝手に振る舞っていれば、いずれ恥を掻くのでは自分だけではない。夫や家の格を落とすことにもなり兼ねない。

それゆえに嫁いだばかりの身では、義両親のいない現状は少々心許《こころもと》なかった。

（サイラス様は、私は何もしなくていいっておっしゃってくれているけれど……）

社交界に関わらなくてもいいと言ってくれているのだ。せめて家庭ではサイラスの負担を減らせるよう頑張りたい。行き場のない自分を娶ってくれた同情に報いたかった。

そこまで考え違和感を覚える。

（あら？　待って。そういえば……）

この屋敷に祖母の肖像画がなかったのと同じように、カニンガム家にはサイラスの母の肖像画がなかったことを思い出す。

（どうしてかしら？　数少ない家族でしょうに。何か理由があるのかしら？）

サイラスの祖母、両親ともに他界しているが、確かサイラスの父の妹が同格の公爵家に嫁いでいたはずだと思い出す。

親族らにはサイラスと結婚前に挨拶の手紙を届けていたのだが、彼女は祝いの返信と真珠のネックレスを送り届けてくれたのだ。

自分たち夫婦には息子は五人いるが娘はいないので、これからは両親のように思ってほしいと書かれていた。

（もう一度あの方にお手紙を出してみようかしら。カニンガム家の元令嬢だった方ならきっとしきたりについても詳しいでしょう）

気を取り直し自室に戻ろうと身を翻しぎょっとする。気付かぬ間にセドリックが踊り場下の階段に佇んでいたからだ。

「やあ、フィリス。応接間で話せなかったから……」

やはり顔色が悪い。少々痩せたようにも見えた。

引き攣った笑顔にフィリスも気まずさを覚える。

（……今更何を？）

一体、何を話すべきなのか見当も付かなかった。さすがに一方的に婚約破棄された元婚約者に、立場的にも妹との結婚おめでとうなどと祝いの言葉を述べることなどできない。

戸惑う間にセドリックは仲がよかった頃と同じく、当然のように隣に立ったのでぎょっとした。

意図を摑み切れずに目を瞬かせる。

セドリックは祖父の肖像画を見上げた。

「君のお祖父様《じい》……先代のヴェイン伯は立派な方だったそうだね。僕の父も尊敬していると言っていた」

「ええ、そうね」

祖父の優秀さについては否定しようもなかった。

「お祖母様《ばあ》も筋の通った貴婦人だったと聞いた。なんでも人任せにしようとする昨今の貴族の女性と違って、夫と家を盛り立ててきた奥方だったと……」

セドリックが何を言いたいのかがわからない。

「実は、今アンジェリーナがちょっと参っていてね」

「参っている？」

「ああ。我が家は、ステア家は格式ある侯爵家だろう。その家風になかなか馴染《なじ》まなくて苦労している。この屋敷に帰ってきたのもストレスを解消するためでね……」

つまり、祖母が心配していた通りになったということだ。

恐らく玉の輿に乗ったとばかりに湯水のように金を使い、次期侯爵夫人としての務めを果たさず責められたのだろう。まさしく母と同じ真似をしでかしたのだ。

「あの子ったら……」

頭が痛むのを感じる。実家はどんな教育をしていたのかと顰蹙《ひんしゅく》を買ったに違いなかった。

それでも、アンジェリーナにはまだ一つだけ救いがあった。

ステア家の現侯爵夫妻は健在なので、アンジェリーナは教えを請うことができる。将来セドリックが跡を継ぐまでに努力すればいいだけだ。まだ挽回《ばんかい》できる、その恵まれた環境が羨ましかった。

頑張れば大丈夫よと応えようとして、続いてのセドリックの一言に絶句する。

「それでフィリス、一つ頼みたいことがある。君から僕の両親にアンジェリーナに無理をさせないようにと頼んでくれないか」

一瞬、耳を疑った。

「私が?」

「ああ。君は……カニンガム公爵夫人だ」

フィリスを見つめるセドリックの眼差しは奇妙に歪んでいた。

「君の進言ならきっと父も母も聞き入れる」

「……」

捨てた婚約者を利用するつもりなのかという怒りよりも、元ヴェイン伯令嬢としての矜持が勝った。

「いいえ、それはできないわ」

セドリックは毅然《きぜん》としたフィリスに一瞬狼狽《うろた》えたが、すぐに「なぜだ」と一歩詰め寄った。

「僕の頼みが聞けないというのか?」

「誰の頼みであっても聞けないことよ。アンジェリーナのためにならないから」

一時の楽を選んでも後に苦しくなるだけだ。

元婚約者相手に説教などしたくはなかったが、セドリックを納得させるためにそうするしかなかった。

「セドリック、アンジェリーナが学ぶ機会は今しかないわ。あなたにもわかっているでしょう？　そのための協力なら惜しまない。でも、甘やかすわけにはいかない」

名門となればなるほど奥方に求められるものは増える。容姿、気品、教養、社交術など表面的な条件だけではない。

召使いの管理や子女の教育、客人の接待。夫が不在時や先立たれた場合には当主代理となることすらある。ただ美しく着飾って微笑んでいればいいというものではない。

セドリックは苛立たしげに唇を噛《か》み締《し》めていたが、やがて「やっぱり君は可愛くないな」と吐き捨てた。

「昔からそうやってかしこぶっているところが気に入らなかったんだ」

「かしこぶっているって……私、そんなことをしたことがあった？」

「古典だの、言語学だの、女のくせに生意気なんだよ」

「なっ……」

確かに、セドリックは自分の学問好きなところを好んでいなかったのは感じ取れた。

しかし、祖父母の与えてくれた知識と教養のおかげでバークレイ男爵やサイラスなどと人脈を作れたところもあったのだ。

セドリックから相談されてバークレイ男爵に頼み、ステア家の親族の子息に家庭教師を紹介したこともある。

なのに、かしこぶっているなどと悪態をつかれるとは。

拳を握り締め怒りと悲しみをぐっと呑《の》み込む。

（……泣いても怒ってもいけないわ。今の私はサイラス様の妻。カニンガム侯爵家当主の奥方。恥を掻かせるわけにはいかない）

背筋を伸ばしてセドリックを見据える。

穏やかなフィリスには珍しい、思い掛けない強い視線に狼狽えたのか、セドリックは「な、なんだよその目は」と更に悪態をついた。

「君は頭でっかちで全然ぱっとしなくて恥ずかしかったんだ」

確かにアンジェリーナに比べると地味だ。だが、華やかになろうとしなかったのはセドリックのためでもあった。婚約者が他の男性に注目されたくないと彼が望んだからだ。

それでも、フィリスはセドリックを責めなかった。

「……そう。あなたには悪いことをしたわね」

セドリックは冷静に見えるフィリスに苛立ったのだろう。

「君に比べるとアンジェリーナは可愛かったよ。いつも僕を立てて慰めてくれて……」

フィリスは驚きに目を見開いた。

「あなた、以前にもアンジェリーナと会っていたの？」

セドリックがしまったと言ったように口を押さえる。

この様子ではただ会っていただけではないのだろう。しかも、何度もだ。

すぐアンジェリーナに乗り換えた理由がようやく判明した。

セドリックは気まずそうに目を逸らした。

「それがどうしたんだ。お互い様だろう。君が頭でっかちだったのは閣下の好みだったからか」

「……？　どういうこと？」

「やっぱりアンジェリーナが言っていた通りだったのか。僕と婚約していた頃にはもう、閣下とデキていたんじゃないか。こんなにいきなり態度が変わるだなんて」

ショックで頭が一瞬真っ白になったが、自分に落ち着けと言い聞かせる。

（感情的になってはいけない）

だが、まさか自分の行い——アンジェリーナとの浮気を棚に上げ、不貞を疑っていたとは思わなかった。心の片隅にあったセドリックへのわずかな思いが消え失せていくのを感じる。

「……どうしてそんな風に思ったの？」

有り得ない。サイラスは罪悪感と責任感、同情から結婚してくれただけなのに。

「そうだとしか考えられないだろう。でなければ、なぜ傷跡が残った君と結婚する気になれるんだ」

「……っ」

フィリスは傷跡への指摘に傷付き、自分がセドリックの立場になったらと想像してみたものの、やはりそんな結論に思い至ることはなかった。

（セドリックの体のどこに傷が残っても、顔が無茶苦茶になっても、歩けなくなってもそんなことは関係なかったわ）

燃えるような恋をしていたわけではない。それでも、長年の付き合いからの情があったのだから。

なのに、なぜかセドリックはそんな気持ちなど欠片《かけら》もなかったどころではなく、まったく信用していなかったらしい。

「閣下との関係はいつからだったんだ」

「私こそ聞きたいわ。セドリック、あなたとアンジェリーナは私と婚約していた頃からそういう関係だったの？」

セドリックはギクリとして「そんなはずがないだろう」とフィリスを睨み付けた。

「僕を疑うだなんて」

悲しいかな、フィリスは長年の付き合いでセドリックが嘘《うそ》をつく際、どんな表情をするのかを知っていた。左目の端がピクピクするのだ。

「そう。あなたにとってお邪魔虫は私だったのね」

結局、セドリックも地味な銅より華やかな金がよかったということか。

悲しみよりも怒りよりも前に、なぜ気付かなかったのかと自分に失望した。

「私たち、お互い見る目がなかったみたいね」

「なんだと――」

怒りに頬の染まったセドリックの言葉が途切れる。更に顔色がみるみる蒼を通り越して白くなったので、フィリスは何事かとセドリックの視線を追って目を見開いた。

「サイラス様、なぜここに……？」

サイラスが階下から踊り場を見上げていたからだ。アイスブルーの氷柱《つらら》を思わせる鋭い眼差しがセドリックを射抜いている。セドリックは凍り付いたようにその場に立ち竦《すく》んでいた。

「坊や、私の妻と何をしている」

「こっ……これはっ……」

冷ややかな目に宿る青い炎——その激情はすでに怒りを通り越している。もはや殺意なのだと気付いてフィリスは震え上がった。

「サイラス様、私を迎えに来てくださったのでしょうか？　ありがとうございます」

とにかく、この場を収めなければと怯《おび》えながらも背筋をしゃんと伸ばす。姿勢を正すと気持ちを切り替えられるのは、祖母の令嬢としての厳しい躾《しつ》けと教育のたまものだった。

「セドリックにアンジェリーナについての相談を受けておりました。両親やアンジェリーナの前では話せないというのでこちらで……。ご心配をお掛けして申し訳ございません」

深々と頭を下げてしばらく経つと、サイラスの怒気が和らぐのを感じた。恐る恐る顔を上げる。

「そうか。なら、仕方がないな」

サイラスはまだ冷ややかな目でセドリックを射抜いていた。セドリックは蛇に睨《にら》まれた蛙《かえる》さながらに小刻みに身を震わせている。

「坊や、一体何にそれほど、私の妻に頼るほど困っている？」

「そっ、それは……」

「アンジェリーナが困っているそうで」

何を困っているのかを説明する前に、サイラスは「なるほどな」とぽつりと呟いた。

「大方、今になって何もできないのがわかって困っているというところか。子ども同士で結婚したようなものだから当然だな」

「なっ……」

一発で当てられセドリックがぎょっとして目を見開く。

サイラスは腕を組んで目を細めた。

「あいにく、私は妻の指一本も貸し出す気はない。いい加減立場を弁《わきま》えた方がいい」

心当たりがあるのかセドリックは言葉もない。

「宮廷や社交界で自分たちがどう噂されているのか。なぜそんな噂が立ったのか、坊やでもそれくらいは理解できるだろう?」

表情は穏やかになったのだが、視線の鋭さはまったく和らいでいない。

その目を受け白くなったセドリックの額に冷や汗が次々と滲んだ。

「もっ……申し訳ございませんっ……。ご迷惑おかけしました。し、失礼しますっ……」

挨拶もそぞろに足をもつれさせつつその場から立ち去る。というよりは、這々《ほうほう》の体《てい》で逃げ出した。

フィリスはその後ろ姿を呆然《ぼうぜん》と見送り、サイラスに見つめられているのを感じて我に返った。

「サイラス様、どうしてこんなところに……」

「仕事が思いのほか片付いたのであなたを迎えに来た。休暇を取るのにもちょうどいいと思ってね」

二週間、公務のし通しだったことを理由に、国王に一週間の休暇を要請したのだという。

「新婚旅行がまだだっただろう？　このまま出発だ」

「えっ、でも……」

挙式も披露宴もなかったので、新婚旅行もないものだと思い込んでいたのだ。

「私とあなた以外は誰もいない。何も不安になる必要はない」

サイラスはまごつくフィリスに埒《らち》があかないとばかりに、その背と両の膝の裏に手を回して抱き上げた。

「きゃっ！」

体のバランスを取るために思わずサイラスの首に手を回す。

「あなたを一人にした私が馬鹿だった」

サイラスがフィリスを横抱きにして玄関広間にまでやってきたところで、騒ぎを聞き付けるか逃げ出したセドリックに事情を聞かされたのだろう。バーナードが血相を変えて追いすがった。

「か、閣下！　娘の婿が申し訳ございません。ここはどうか……」

サイラスは足を止めはしたが、バーナードを振り返ることはなかった。冷ややかな声が玄関広間に響き渡る。大きいわけでもないのに威圧感のある声だった。

「ヴェイン伯、一度他家へ嫁がせた以上、すでにフィリスはあなたの娘である前に私の妻。カニンガム公爵夫人だ。わかっているか」

「は、ははっ……」

「なら、そこの坊やにもよく言い聞かせておけ。そもそも、私の妻とすでに対等に口をける立場にはないのだとな」

サイラスのその一言でフィリスはハッとした。

いくらセドリックが幼馴染みであり元婚約者だったからと言って、若い男性と二人きりで、しかも立ち話をするなど、カニンガム公爵夫人ともあろう者が有り得ない。

舐められたのを許してしまったことになる。自分だけではなく夫であるサイラスもだ。初めから毅然とした立ち振る舞いをしなければならなかったのに。

（セドリックには偉そうなことを言っておいて、私自身が何もできていなかったんだわ）

結局サイラスに恥を掻かせてしまったのだと青ざめる。

一方、サイラスは言いたいことは言ってしまったのか、メイドに「扉を開けろ」と命じ、玄関前に待機していた馬車にフィリスごとさっさと乗り込んでしまった。

「見送りは必要ない」

駆け寄ってきたバーナードに冷ややかに告げ扉を閉めさせる。馬車は御者の合図とともにまもなくヴェイン邸を発《た》った。

フィリスは向かいの席に腰掛けるサイラスと目を合わせることができなかった。

(きっと私に呆《あき》れているんだわ)

それでも、気まずいまま黙り込んでいるなど選択肢にはなかった。

「……申し訳ございません」

十分ほど経ったところでようやく口を開く。声は情けなさに震えていた。

「サイラス様に恥を掻かせてしまいました。以降、このような真似は致しません」

サイラスは目を見開いてフィリスの謝罪を聞いていたが、やがて、「……そんなことはどうでもいい」と溜め息を吐いた。アイスブルーの双眸を窓の外に向ける。

「それより、大丈夫だったか」

「えっ……」

サイラス曰《いわ》く、国王に命じられた横領事件を大方収集し、フィリスを迎えに行こうとしたところ、使者からヴェイン家にセドリックとアンジェリーナ夫妻も滞在していると聞かされたのだという。それでますます心配になって駆け付けてきたのだとか。

「サイラス様……」

気を遣わせてしまったと申し訳なくなる。

サイラスは流れゆく景色を眺めながら、「腹が立つ」とぽつりと呟いた。

「あの坊やはまだあなたは自分に気があると思っているようだな」

「そんな」

有り得ないとフィリスは首を横に振り、次いではっとして自分の気持ちを見つめ直した。

確かにセドリックが婚約していた頃からアンジェリーナと関係があったと知ってショックだった。だが、病床で二人が結婚したと聞かされた時ほどではない。

むしろ自分の気付かなかった間抜けさに呆れ、そうだったのかと腑《ふ》に落ちている。

思わず自分の胸に手を当てる。

（私、もうセドリックをなんとも思っていないんだわ）

そろそろとサイラスの横顔に目を向ける。

胸が痛くなるほど端整な美貌だった。冬の湖にも似たアイスブルーの瞳。煙る月の光を紡いだような銀の睫毛。通った鼻筋と鋭利な頬の線を無意識のうちに目で辿《たど》っていたのに気付き、フィリスははしたないと頬を染めて膝の上に目を落とした。

心臓がドキドキと早鐘を打っている。

（一体どうしてしまったの）

これではまるで恋愛小説の主人公のように恋に落ちたようだ。そして、胸の奥に灯ったまだ小さいが確かに熱い炎は、セドリックに抱いていた穏やかな思いとはまったく違っていた。

新婚旅行先であるカニンガム家の別荘は、ヴェイン家の領地から馬車で二日先にあった。湖の畔《ほとり》に建つ八か所に四角形柱の塔のある可愛らしい屋敷——というよりは城である。サイラスはフィリスを馬車から降ろすとエスコートし、城内を案内しつつ由来を説明してくれた。

最後に湖がよく見渡せるという塔の階段を二人で上る。

この城は三百年の歴史があり、内戦があった時代は防衛のための砦《とりで》だったのだそうだ。国家が統一されてからは居住用に改造され、その後様々な地位、身分の城主を転々として現在の王家が引き継いだ。大規模な改修工事を行い廃墟《はいきょ》同然だった状態から建て直したのだという。

　更にサイラスがカニンガム家当主となり公爵位を継いだ際、国王から祝いの品として見事な調度品ごと贈られた。

　さすが王族と大貴族。贈り物の規模が違っていた。

「この城にはあるいい伝えがある」

「言い伝え？」

「領主の奥方と護衛の騎士の恋物語だ。もちろん、悲恋に終わっているが」

「ええっ」

　つまり、奥方の不貞ということになる。

「その方は夫の領主様にご不満があったのでしょうか？　愛妾が一ダースいらっしゃったとか、奥様に興味を示さず夫としての務めを果たさなかったとか……」

　しかし、いくら不満があろうが、領主の妻という数多くの人生を左右する立場でありながら、伴侶を裏切るなどと眉を顰める。

　サイラスは苦笑し「さあ、ついた」とフィリスを塔内へ導いた。

「領主との間には一児がいたということだから、不仲だったわけでもないのだろう」

「ええっ」

フィリスにはますます理解しがたかった。

「ここだ」

サイラスに促され石造りのアーチ型の窓から顔を出し、思わず「まあ……」と声を上げる。

青い湖が広がり水面には古城が映し出されている。周囲の家々は小さく可愛らしく見えた。お伽噺の小人の国に紛れ込んだ気分になる。

「美しいところですね」

「陛下も王妃殿下と何度かお忍びで遊びにいらしたことがあるそうだ」

「まあ、そうだったのですか」

思い出の古城をポンと贈り物にするほどなのだ。国王がどれほどサイラスを信頼しているのかが感じ取れた。

「フィリス、今日から一週間はこの城で二人きりだ」

「えっ」

「せいぜい二人で励むとしよう」

「……っ」

ということは、またあのめくるめく夜を過ごすことになるのか。

新婚旅行なのだから当然と言えば当然なのだが妙に気恥ずかしい。サイラスのアイスブルーの双眸に目を向けるのも躊躇《ためら》ってしまう。

サイラスはそんなフィリスの顎を摘まんで上向かせた。

その思いを注ぎ込むような眼差しにフィリスの心臓がまたもや跳ね上がる。

（そんな風に……見つめないで）

愛されていると錯覚してしまう。だが、今はその幻に浸っていたかった。

「ん……」

熱い唇が落とされる。ワインのようにかぐわしく、酔ってしまいそうな口付けだった。

古城の城主のための寝室はこぢんまりとしており、室内の随所に中世の名残があった。内壁は外壁と同じ石造り。冬や夜の底冷えを防ぐよう、聖書の逸話を織り込んだタペストリーが掛けられている。同じく石造りの床には足が沈みそうな毛足の長い絨毯が敷かれていた。暖炉は当時のものをそのまま使用しているのだという。

そんな室内にあってベッドだけは現代風で、天蓋付きの豪奢なものだった。

「ああ……」

フィリスは髪を振り乱して天蓋を仰いだ。その一筋が汗に濡れた額に張り付く。

「サイラス様、私、もう……」

「フィリス、とてもそうは見えないよ」

シミ一つない白くまろやかな両足は、ベッドの上に胡座をかいたサイラスの腰に巻き付けられている。

ベッドが軋《きし》むのと同時に、白濁を纏わり付かせた赤黒い一物が、フィリスの足の狭間に消えたかと思うと、また現れその動きを繰り返した。

「ああっ……あっ……あっ」

不意に下からずんと突かれ背筋を仰け反らせる。堪らずサイラスの背に手を回すと、サイラスもフィリスを力強く掻き抱《いだ》いた。

豊かに実った乳房がサイラスの逞しい胸板に押し潰される。ピンと立った乳首が擦れて刺激が走り、フィリスはいやいやと首を振った。

「やぁっ……あっ……こんなことっ……」

体内を垂直に突かれることで、最奥の更に奥に一物が触れ、時折コリッとした感触を覚える。

そのたびに噎《むせ》ぶような吐息が漏れ出た。

快感のあまり吐息だけではなく唾液も零《こぼ》してしまう。するとすかさずサイラスが口付け、舐め取ってくれた。

束《つか》の間《ま》互いを見つめ合い口付ける。舌を絡ませ合い空気を求めて唇を離すと、唾液が銀の糸となって二人を繋いでいた。

「サイラス様っ……あ、ああっ……」

リズミカルな動きで何度も突き上げられ、背を仰け反らせてひたすらサイラスの名前を呼ぶ。

「ああ……いい、フィリス。淫らで、綺麗だ。もっと鳴いて、私の名前を呼んでくれ」

耳元でフィリスと呼ばれると、世界で最も美しい女になった気がして、傷跡があることも忘れられた。

すっかりサイラスの形に慣らされたフィリスの蜜口がサイラスの逸物《いちもつ》を呑み込む。フィリスは肉体を蹂躙され、征服される甘美な被虐心に酔っていた。

体内を貫かれるごとに衝撃に息も喘ぎ声も途切れる。

「あっ……あっ……あっ……」

サイラスの灼熱の肉棒はフィリスの体内を容赦なく掻き回した。

「ひっ……あっ……あんっ」

不意に角度を変えて突かれ、フィリスの背筋がビクリと震える。その拍子に首筋に浮いていた汗が傷跡を辿って胸の谷間に零《こぼ》れ落ちた。

「サイラス様……私、もうっ……」

「何を言っている。まだこれからだろう？　夜は始まったばかりだ」

始まったばかりだと言うが、すでにどれだけの時が過ぎたのかもわからないほど、長く執拗《しつよう》に抱かれ続けている。

フィリスはサイラスの底なしの欲望と体力に慄《おのの》いた。だが、その腕の中から逃れられるはずがない。

サイラスが不意にフィリスの腰を摑んで持ち上げる。

「なっ……何をっ……」

次の瞬間パンと落とされ蜜口から体内を串刺しにされた。

「ああっ……」

視界が真っ白になり火花が散る。凄まじい快感が体内から脊髄、脳髄を駆け上がっていく。

もう何度達したのかも覚えていなかった。

「フィリス、達《い》ったのかい」

「……」

涙を流しながら小さく頷く。ようやく終わったのかとほっとしてると、サイラスは「そうか」と唇の端に笑みを浮かべた。

「だが、私はまだだ。まだあなたを味わい足りない」

「そんなっ……」

肌寒かった室内はいつしか二人の執拗な交わりによって生まれた、熱気と湿気《しっけ》、蜜と白濁が入り交じった淫靡《いんび》な香りで満ち満ちていた。

その香りがすでに限界に近かったフィリスの、まだわずかに残されていた官能に火を付ける。

「フィリス……」

サイラスが奥深くを突き上げるのと同時に、体の中で肉塊の質量が一気に増した。

「あ、ああっ……」

フィリスの喘ぎ声に合わせランプの炎が揺れる。

サイラスはまだ欲望を解き放つのを堪えている。完璧かつ冷徹な美貌が苦しげに歪むさまにフィリスは喜びを覚えた。

（サイラス様も……私の体で喜んでくださっているんだわ）

だが、その喜びも続いての責めに霧散する。隘路を押し広げる逸物に弱い箇所を突かれたからだ。

「ああっ……」

サイラスの背に回されていた腕から力が抜け落ちる。フィリスは糸の切れたマリオネットと化したままサイラスに身を委ねた。

「フィリス、あなたは昼は聖女、夜は娼婦《しょうふ》だ。もっとも、客は私一人だが」

「……っ」

娼婦と呼ばれ羞恥心にきゅっとサイラスの分身を締め付けてしまう。

（サイラス様のためになら、どんな女にだってなるわ）

腹の奥が灼熱の肉棒に焼かれて熱い。接合部はぐちゅぐちゅといやらしい音を立てて、時折二人の体液が混じり合ったものがフィリスの腿《もも》を伝った。

体液だけではなく体も熱に溶かされ、交わるごとに一体化しているのではないか——そんな錯覚に陥る。

（そうなっても……構わないわ）

またもや弱い箇所を続けざまに突かれ、またあられもない声を上げてしまう。

「あっ……あ……っ！」

「フィリス、あなたの体は、底なしだ……。こんなにも私を奥に誘い込んで……どこまで

連れて行くつもりだい？」

「……っ」

問《と》い質《ただ》されたところで答えられるはずがなかった。

「さ、誘って……なんて……な、ああっ」

体内の肉棒がドクリと脈打つ。

「まあ、いい。君とともになら、どこまでも行こう」

次の瞬間、ずんと一際強く突き上げられた。

「あっ……」

腹の奥にサイラスの熱が放たれる。最奥めがけて弾《はじ》け飛ぶ。かつて無垢《むく》だった子壺を汚す。

「ああっ……」

フィリスは今度こそ限界に達し、ぐったりとなってサイラスにその身を預けた。

その間もサイラスはおのれの欲望を一滴も漏らさずフィリスの体内に送り込もうと腰を小刻みに動かしていた。

第三章　あなたを愛しているから

サイラスと結婚し半年の月日が過ぎた。

「痛っ……」

軽い腹痛に思わず腹を押さえる。

「フィリス様、どうしたのかしら？」

「申し訳ございません。軽い腹痛で」

「あら、では今日はもう休みましょうか？」

「いいえ、たいしたことはないので……」

恐らく、月のものの痛みだろうと溜め息を吐く。

(今月もお子ができなかったんだわ)

サイラスとは週に三度は枕を交わしているが、まだ子を身籠もった気配はない。

結婚して間もないのだから、焦ることはないと言われたものの、社交界に出席できない自分にやれることは子を産み育て、次期カニンガム家当主として立派に教育することくらいだ。

とにかく早くサイラス様のお子をとフィリスは焦っていた。

そんなフィリスを年配の女性——ジェーン・マレー公爵夫人が優しい眼差しで見守っていた。

「フィリス様、やはり一度休憩しなくちゃ。きっと月のものが来そうなのでしょう？　若い頃は何かと女は大変よね」

「ですが……」

「それに、私もちょっと疲れてしまったわ。日の当たるところでお茶にしましょう。その方があなたの体にもいいもの」

彼女はサイラスの叔母に当たる女性である。穏やかな琥珀色の瞳をしていた。

若い頃はサイラスの父と同じ褐色の髪だったのだろうが、現在は白髪がほとんどを占めている。とはいえ、彼女には年齢に左右されない上品な美しさがあった。

落ち着きのある濃い紫色のドレスがよく似合っている。さすが名門の令嬢にして奥方といったところか。

今日フィリスはこのジェーンにカニンガム家の奥方になるに当たって必要な、しきたりや家訓、歴史、女主人としての心得を学びに来ている。

以前手紙を出して教えを請うたところ、どうせ退屈だからと快く引き受けてくれたのだ。こちらの領地の屋敷に来てくれるとありがたいとも。もちろん、フィリスは二つ返事で頷いた。

今日は第一回目の講習である。なのに、よりによって月のものが来てしまったので、自分はどこまでタイミングが悪い女なのかと落ち込んでしまう。

――ジェーンはメイドに命じ居間の窓辺に二脚の椅子とテーブルをセッティングさせた。

「ポットは銀食器でお願いね。お茶菓子にはアップルパイがいいわ」

テキパキと指示するさまは矍鑠《かくしゃく》としており頼もしい。足腰もしっかりしており現在も舞踏会に晩餐会にお茶会にと、積極的に社交に勤《いそ》しんでいるのだとか。

ジェーンは椅子に腰を下ろした。メイドが銀のポットからお茶を注ぐと、一口飲んで「あなたもどうぞ」と向かいの席のフィリスに勧める。

「私はこの通り元気なのだけど、夫が落馬で足を捻挫してしまって、舞踏会も開催できずに退屈していたのよ。まあ、でも、社交界で人様の陰口を耳にするのもうんざりしていたからちょうどよかったわ」

陰口と聞いて思わずアップルパイを摘まむ手が止まる。

ジェーンはすぐにフィリスの心配を察したようで、「閣下やフィリス様の悪評なんて聞いたことがありませんよ」と微笑んだ。

「えっ、なぜ……」

いくらサイラスが社交界嫌い、女嫌いで有名な変人とはいえ、まったく舞踏会や晩餐会に出席しないわけではない。

最低限の付き合いというものがあるはずで、その際王侯貴族は妻や婚約者を帯同するのが常識なのだ。

なのに、サイラスは結婚の際の約束を守ってフィリスを一切連れて行かない。フィリスはその気遣いがありがたくはあったが、サイラスの立場を悪くするのではないかと懸念していた。

「閣下があなたを社交界に参加させないことをなんて説明されているかご存知?」

「い、いいえ……」

想像もつかない。

ジェーンはくすりと笑ってアップルパイをフォークで崩した。

「〝私は妻を他の男の目に晒したくはない。きっと皆妻に心を奪われるだろうからな〟よ。皆どれだけ愛妻家なのかって呆れていたわ」

「……！」

顔から火が噴き出そうになる。同時に、申し訳なさに顔を覆いたくなった。

（サイラス様は私を庇ってくれているんだわ）

代わりに自分を道化にして名誉を犠牲にしている。その責任感と罪悪感の強さにズキリと胸が痛んだ。

（私は……このままただ守られているだけでいいの？）

せめてジェーンだけには真実を知ってほしい。フィリスはジェーンに「実は……」と話を切り出した。

「サイラス様が私と結婚することになったのは、以前宮廷で起きた暗殺未遂事件がきっかけなんです」

フィリスが重傷を負ったことは社交界に知れ渡っているが、傷跡が残ったことについては伏せられている。

ジェーンはお茶を飲む手を止めてフィリスの話を聞いていたが、やがて「……そう」と頷きカップを置いた。

「そういうことだったの。閣下が結婚されると聞いた時には、天変地異でも起こったのかと思うくらい驚いたのだけど」

「申し訳ございません」

フィリスが頭を下げるとジェーンは心から不思議そうに首を傾げた。

「あら、どうして謝るの。きっかけなんてなんだっていいでしょう」

「ですが、閣下の人生を台無しにしてしまいましたので……」

「閣下はそう思われていないわよ。私はあの方をよく知っているけど、同情に流されて結婚するような方ではないもの。そうした区別は冷酷なほどはっきり付けられる」

優しく微笑んで物覚えの悪い子どもに言い聞かせるように語る。

「きっとあなたを愛しているからでしょう。ようやくあの氷のような甥《おい》にも春が来たのかと思うと嬉しいわ」

「……」

フィリスは自分が女性として愛されているとは思えなかった。

いや、期待してはいるのだが、そうではなかったとすれば、二度と立ち直れない気がする。何せ自分は傷物なのだ。だからこそ、二人を繋ぐかすがいとして早く子を望んでいるのだとも。

(私……もうサイラス様のいない人生なんて考えられなくなっている)

それにしても、なぜサイラスはそれほど女嫌いだったのか。

「噂には聞いていたのですが、サイラス様はジェーン様が心配するほど女性が苦手だったのですか?」

その割にはベッドでは毎度情熱的に抱いてくれるのだが。

ジェーンは「それはもう」と溜め息を吐いた。

「叔母の私も嫌われていたんじゃないかしら」

身内までとは恐れ入る。

「まあ、無理もないとは思うわ。オーレリアがあんな女じゃ――」

「あんな女?」

フィリスに問い返されジェーンはハッと口を噤んだ。

「あら、ごめんなさい。なんでもないわ」

フィリスはオーレリアとは何者かと問おうとしたが、この分ではジェーンは何も教えてくれないだろうと察し口を噤んだ。貴族の女性は余計なお喋りをしないのも美徳なのだ。

(オーレリアとは誰なの?)

胸がモヤモヤする。

サイラスが女嫌いになったきっかけとなった女性――一体、サイラスとどのような関係だったのだろう。

その後王都のカニンガム邸に帰宅してからも、オーレリアなる女性が気になって仕方がない。

先代からカニンガム家に仕える執事に尋ねてみたのだが、「オーレリア様？　はて、どのオーレリア様でしょう？」と返って来る。

オーレリアとは平民から王侯貴族まで幅広く使われている女性名で、貴族だけでも令嬢から貴婦人まで何十人いるかわからない。ミドルネームも含めれば数え切れないほどいるだろう。特定など不可能に思えた。

ところが一週間ほど経って、ある人物から情報がもたらされた。

――バークレイ男爵だった。

バークレイ男爵もサイラスとの結婚の経緯を知る知人の一人だ。結婚後も何かと気に掛けてくれ、時折王都やカニンガム家の領地の屋敷を訪ね、様子を見に来てくれていた。

その日もバークレイ男爵は土産を手にカニンガム邸を訪れた。

「やあやあ、フィリス嬢、いや、もう奥様でしたか。お久しぶりですな。新しい書籍を出版することになりまして初版を持参しました。閣下と奥方に最初に読んでいただきたいと思いまして」

「まあ、ありがとうございます！　楽しみですわ」

フィリスはバークレイ男爵を応接間に案内し、久々の気兼ねないお喋りを楽しんだ。

途中、バークレイ男爵に意味ありげな視線を投げかけられる。

「ところでどうでしょう。結婚生活は順調ですか？」

「ええ、私にはもったいないほどよくしていただいております」

まったく、サイラスは身を挺《てい》して約束を守ってくれるだけではない。何かと気を遣っているのを肌で感じる。もっとも、そんな紳士な彼もベッドの中では獣と化すのだが。

数日前の夜のサイラスの額から落ちた汗の熱さを思い出し、思わず赤面してしまう。そんな自分をバークレイ男爵に悟られないようにと、手渡された書物のページを手早く捲《めく》った。

ざっと目を通してその内容に感心する。

「話し言葉で書かれていてわかりやすい内容ですね」

「ええ、そちらは実は十二歳以上の子ども向けの教育書なのですよ」

「まあ、そうなんですか？」

今まで言語学や古典は大人向けの書物をそのまま使うことが多かった。難解な内容は相当の教育を受けていなければ理解が難しかったのだが、この教科書なら少年でも理解できそうな内容である。

バークレイ男爵は「少年のためだけに書いたわけではありません」と笑った。

「えっ……」

なんでも、今年の十月から高校、大学の門戸を女子にも解放したのだという。これまで女子の場合小学校、中学校までしか通えなかったのだ。

「なんでもヴァイオレット王妃殿下が舵取《かじと》りをしたようで。あの方はご本人が何カ国語も操る才媛ですからな」

しかも、いくつかの教育課程は階級や両親の有無を問わず義務化される動きもあるのだとか。

「まあ……」

義務化されれば孤児院出身の少女たちも、より高度な教育が受けられ未来が開ける。

これまで女性は貴族を含む富裕層出身であっても、あくまで良妻賢母となり家庭を運営するための教育に限られていた。教育の大改革といっていい。

「奥様、どうでしょう。今からでも大学に通われ、学位の取得を目指されては？　あなたなら十分に可能だと思います。既婚者であれば婚家の後ろ盾があるということで、逆に動きやすいかもしれませんよ。カニンガム家なら百人力でしょう」

フィリスは静かに首を振った。

「いえ、私には学者は合わないと思います。一つのことに没頭できないのです。どちらかといえばいくつものことを同時進行するのが得意で」

フィリスは自分の性質をよく理解していた。

「ふむ。もったいないですが一理ありますな。奥方は学者よりも教える方が向いていそうですな。うむ、そちらの方がいいかもしれない」

それにしても、将来女性の学者も輩出されるかもしれない。

貴族の令嬢として良妻賢母になる未来しか思い描けなかったフィリスは、これからの女性が持つ大きな可能性に頭がクラクラした。

(そうね。もしサイラス様との間に女の子が生まれたら、私のように男性との結婚にすがるだけの人生になってほしくない)

みずからの足でしっかりと立つことができればそれ以上の強みはない。人生に選択肢が増えればかつての自分のように視野狭窄《しやきょうさく》に陥ることもないだろう。

(そのために私に今からできることは何かしら?)

フィリスは膝の上の拳を握り締めた。

「……バークレイ男爵閣下、私に本当に人を教えることができると思いますか?」

おずおずと切り出すとバークレイ男爵の顔がパッと輝いた。

「ええ、もちろんです。どうしました。その気になられましたか」

「はい。将来我が子や孫に教えることができればと思いまして。それ以降は領地の教育機関で教鞭《きょうべん》を執れれば……」

「いやいや、結構千里の道も一歩からと申しますからな。それでは、私が所属する大学を紹介しましょう」

「よろしいのでしょうか？」

「ええ、将来、教員を目指す学生のための講座もございますので。確か社交シーズンが始まる頃に短期講座がございます。一度試しに受講してはいかがでしょうか」

「それではよろしくお願いします」

フィリスが頭を下げるとバークレイ男爵は感心したようにフィリスを見つめた。

「いやはや、奥様が聡明《そうめい》で素晴らしい女性だとは存じておりましたが、公爵閣下が奥様に首ったけな理由もよくわかりました。新しい世界に飛び込むのには勇気と根気と賢さが必要ですからなオーレリア殿ではこうはいかなかったでしょう」

またオーレリアの名前が出た。

「前公爵閣下もご子息はいい細君を迎えたと天国で胸を撫で下ろしているでしょうな」

「閣下、失礼します。オーレリアとは……」

「おや、ご存じないのですか」

「はい。お名前だけはジェーン様からも伺ったのですが、サイラス様と一体どのようなご関係なのでしょう？」

「ということは、公爵閣下は何も話されていないということですな」

男爵もなぜかうーんと唸ったきりそれ以上語ろうとしない。

フィリスは勇気を振り絞って恐る恐る問うた。

「サイラス様の女性嫌いの原因だと推察したのですが……お若い頃にこっぴどく振られた恋人だったのでしょうか？」

「いやいや！　何をおっしゃいますか！」

フィリスの邪推に仰天したのか、バークレイ男爵は「有り得ない！」と返した。

「閣下に女性問題など天地がひっくり返っても起こるはずがない。やれやれ、仕方がない。オーレリアとは公爵閣下の母上です。本名はオーレリア・カニンガム。旧姓はフォーブス。準男爵家の出身です」

サイラスの母だと聞き、恋人ではなかったのだとほっと胸を撫で下ろす。サイラスに自分以外の女性がいるなど耐えられそうになかったからだ。

胸を撫で下ろして落ち着きを取り戻したのだが、今度は違和感を覚えて首を傾げた。

「準男爵家？」

準男爵とは男爵の下に位置づけられている階級だ。ただし、爵位ではなく肩書きでしかない。平民とは一線を画しているが、貴族だと認められているわけでもない。

百年前隣国と戦争が勃発した際、資金調達のために平民出身の富裕層に、金を出すならこの肩書きをやると売りつけたものなのだ。

「準男爵家出身の女性が公爵家に嫁いだのですか？」

貴族出身ではない女性が公爵家に嫁ぐなど、常識的に考えればそれこそ有り得ない。

バークレイ男爵は重い口を開いた。

「もちろん、前公爵閣下との結婚の際には、体裁を整えるために一旦ある侯爵家の養女としましたよ」

そうしたケースはわずかだが聞いたことがあるのでなるほどと頷いた。

ということは――

「前カニンガム公爵閣下はオーレリア様を見初められた……つまり恋愛結婚だったのですね？」

身分の低い階級出身の女性と恋に落ち、結婚をと望んだ場合にはそうした対策が取られることがある。とはいえ、そう多くあることではない。愛妾にすることがほとんどなのだ。親族に大反対されるだけではない。社交界で常識を疑われることにもなるからだ。

それらの障壁をすべて乗り越えオーレリアを妻としたのだから、前公爵は息子のサイラスと違い随分情熱的な男性だったらしい。

「その通りでございます」

ますますなぜサイラスが女嫌いになったのかがわからなくなる。両親が愛し合って結婚したのなら、逆に女性や結婚を理想化しそうなものだが。

「お二人のご結婚後に何かあったのでしょうか？」

バークレイ男爵の顔が苦虫を噛《か》み潰《つぶ》したようになる。

「……これ以上は申し上げられません」

ますますわけがわからない。一体何を隠さなければならないことがあるのか。

「何か、閣下の名誉に関わることなのでしょうか？」

「……」

バークレイ男爵は肯定も否定もしなかった。

「私もカニンガム家を敵に回したくはない。国外追放になっては堪りませんからな」

どうやら箝口令《かんこうれい》が敷かれているようだ。

バークレイ男爵もまた一度決めるとテコでも口を割らない性格だ。ゆえにそれ以上問い質すこともできず、フィリスは狐につままれた心境になった。

その夜、フィリスは寝室で贈られた書物を読みながら、サイラスが訪れるのを待っていた。

（一体、サイラス様のご両親とサイラス様との間に何があったのかしら？）

誰も教えてくれないところに事の重さを感じる。

（サイラス様はお聞きしたら教えてくださるかしら）

最後のページを読み終え書物を閉じる。

（……お情けで娶っていただいた私に？）

それでも、サイラスの妻であることには違いないのだ。何があったのかサイラスの口から教えてほしかった。

意を決し膝の上で拳を握り締める。同時に寝室の扉が二度叩かれた。

「フィリス、起きているか？」

「ええ、どうぞお入り下さい」

姿を現したサイラスはいつもより少々疲れて見えた。

現在秋で社交シーズンではないので、サイラスも本来はこの領地の屋敷に滞在することになっている。

だが、国王の右腕でありともに国政を担う立場である以上、のんびりしているわけにはいかない。シーズンオフ中も王都に頻繁に呼び出されており、ほんの先日まで執務に負われていたのだ。

サイラスはフィリスの隣に腰を下ろした。

もう何度も抱かれたはずなのに、その完璧な美貌に心臓が高鳴ってしまう。疲労の影が落ちたサイラスはいつもより男の色気が増して見えるのでなおさらだった。

サイラスはフィリスの手を取り、「あなたは温かいな」と溜め息を吐いた。

「ほっとさせられる」

「サイラス様……」

自分もサイラスを癒やせるのだと知り嬉しくなる。だが、非常に申し訳なくもなった。

「お疲れなのでしたら、無理に領地に戻らなくても構いません。王都の屋敷に滞在してはいかがでしょう？　こちらの屋敷の管理はもう私でもなんとかやっていけますから」

もともと元婚約者のセドリックの実家である、ステア侯爵家の女主人となるために、そうした知識や心得は習得してきた。また、ジェーンに教えを請いカニンガム家の家風も把握しつつある。

フィリスはとにかくサイラスの役に立ち、カニンガム家を盛り立てたかった。

サイラスはフィリスの肩に頭を預けた。

「さ、サイラス様？」

思い掛けず甘えられたので戸惑う。

「あなたは私には過ぎた妻だな」

「あ、ありがとうございます……」

「だが、王都に滞在するのは遠慮しておこう。私はこの屋敷にではなく、あなたのいるところに帰りたいんだ」

「……」

まるで愛を囁かれているようだと錯覚しそうになる。

（そんなはずがないわ。サイラス様はお疲れで心細いだけよ）

フィリスは唇を嚙み締め期待してはいけないと自分に言い聞かせた。

（でも、この雰囲気ならお願いできそう……）

「あの、サイラス様、二つ頼みたいことがあるんです」

「頼みたいこと？　なんだ？　新しいドレスか？　宝石か？　書物か？　子犬か？　なん

でも言ってくれ」

「い、いえ、ドレスや宝石は……社交界に出席しませんので必要ありません」

書物など新婚一ヶ月目で図書館が建てられそうなほど贈られた。

「実は、本日バークレイ男爵がいらっしゃいまして、王都のハーロウ大学の短期講座を勧められたんです。再来月からなのですが、ちょうど社交シーズンで王都にいる頃ですし、そちらに通ってもよろしいでしょうか？」

「ハーロウ大学……あなたが？　ああ、そうか。女性にも入学が許可されたからか。学生として入学したいということだろうか？」

「いいえ、今文学部で試験的に女性の聴講生を入れているそうなんです。将来教師を目指す方のための講座なので、サイラス様のお子様を教育するのにも、きっと役に立つのではないかと思って」

「もちろん、構わない」

サイラスはフィリスの肩に手を回した。

「ただし、従者……いや、護衛をつけるように」

「えっ、でも、学生や聴講生以外の立ち入りは禁止されていて……」

ハーロウ大学には貴族の学生が多いのだが、彼らですら大学内にはさすがに従者や侍女を連れて来ない。

「その辺りは手を回しておく。若僧《わかぞう》に懸想されても困るだろう？」

「懸想だなんて……。護衛なんて必要ありませんよ」

サイラスは何を心配しているのかと呆れてしまう。すでに左手薬指に指輪を嵌めた既婚者である上に、こんな地味な女に誰が目を向けるというのか。

だが、サイラスは聞かなかった。

「あなたは何事に付けても自分を過小評価しすぎだ。女性としても、人間としても……」

フィリスの腰に手を回しゆっくりと押し倒す。

手の指を絡め取られ、アイスブルーの双眸に覗き込まれると、フィリスの心臓は早鐘を打ち始めた。

「で、ですが……」

「ああ、もういい。今夜はお喋りよりもあなたを抱きたい」

傷跡のある首筋に唇を落とされ、「ま、待ってください」と身悶える。

サイラスに抱かれるとそのこと以外考えられなくなるので、今のうちにサイラスの亡き母が――オーレリアがなぜサイラスの女嫌いの原因になったのかを知りたかった。

「もう一つお願いが……」

「ああ、そうだったな。なんだ？」

「その……」

とはいえ、直に聞くのは躊躇《ためら》われた。なんとなく話してくれない気がしたからだ。だから、初めは遠回しに、徐々に核心に近付いていこうと口を開く。

（私、サイラス様のことがもっと知りたい）

知ってオーレリアの秘密だけにではなく、サイラス自身に近付きたかった。

「サイラス様のご両親はどんな方だったのでしょうか？　私の両親は……あの通りなのですが、幸い二人とも元気にやっております」

一息吐いてアイスブルーの双眸を見つめる。

「ですが、こちらには私とサイラス様以外家族がいないので、寂しいなと思ってしまって……。せめてお話だけでも聞ければと」

「……私の両親か」

サイラスは体を起こしフィリスの隣に体を横たえた。

「父は立派な方だった。厳しいだけではなく優しいところもあり、貴族には珍しくよく私との時間を取ってくれたな。乗馬も武術もすべて父から教えてもらった」

カニンガム家はもともと軍人の家系で、代々の嫡男は幼少時から専門家を雇って叩き込まれるのだそうだ。サイラスの父の前公爵は本人がその道の達人だったという。

子女の養育は妻や乳母、家庭教師に任せっぱなしの貴族の男性は少なくないのに、前公爵は手ずから息子を教育したのだと言うから恐れ入る。

「愛情深い方だったのでしょうね」

「……ああ、その通りだ。私も父を尊敬し……愛していた」

天蓋を見つめる凍った湖を思わせるアイスブルーの眼差しが和らぐ。

フィリスは羨ましいと溜め息を吐いた。

（私には……そんな思い出はない）

ふと、祖母――父にとっては厳格で苦手な母であり、母にとっては口うるさく反りの合わない姑に似ていなければ、愛されたのだろうかと首を傾げる。

（でも、それはもう私ではないわ。アンジェリーナと立場を入れ替えたかったとは思わない）

自分以外の誰かを演じて愛されたところでなんになるのだろう。

フィリスは自分の心境のもう一つの変化に気付いていた。

最近不思議と辛かった少女時代を思い出しても、このように胸は以前ほど痛まなくなっていた。傷跡のせいでセドリックに婚約破棄された過去もだ。まだ一年も経っていないというのに。

それよりも、まだサイラスの子を身籠もっていないこと、サイラスを知っているようで何も知らないことの方が不安だった。

「それでは、お母様はどんな方ですか？」

いよいよ本題を切り出す。

途端に、寝室に重い沈黙が落ちた。

（えっ……）

先ほどまで慕っていた父を語ることで温かだったサイラスの雰囲気が一変している。室内の気温が氷点下に急落したのかと勘違いしたほどだ。恐る恐るその横顔を見るとアイスブルーの瞳も冷ややかなものになっていた。

「……母は、美しい人だった」

口調が重々しい。

「そ、そうだったのですか。サイラス様はお母様似なのでしょうか？　サイラス様の銀髪も、アイスブルーの瞳もとても綺麗ですよね」

何気ない一言だった。

フィリスとしては純粋にサイラスの美しさを賛美したつもりだった。

実際、厳冬の夜空にぽつりと浮かぶ月の光にも似た銀髪も、凍った湖を連想させるアイスブルーの瞳も、完璧な美貌もフィリスだけではない。皆褒《ほ》め称《たた》えてやまないのだから。

ところが、サイラスは礼を言わないどころか、忌々しそうに長めの前髪をぐしゃりと握り締めて乱した。

「サイラス様……？」

ただならぬ気配に思わず声を掛ける。

「ああ、確かに私は母似だ。……鏡を見る度に思い知らされる」

この世で最も醜悪な存在に向けられたような、忌々しそうな声にぎょっとする。母に似て何が悪いというのだろうか。フィリスは検討がつかずに目を瞬かせた。

いずれにせよ、母に触れてほしくはなかったようだ。しかも、フィリスが予想していた以上に。

（一体、何があったの？）

とはいえ、これ以上追求するのも躊躇《ためら》われる。次の一手を思い付かずに狼狽《うろた》えていると、不意に視界が覆われ目を瞬かせた。

サイラスに伸《の》し掛《か》かられたのだ。

「フィリス、あなたは私の顔を美しいと思うか」

「え、ええ……。もちろんです」

「そうか。あなたがそう言ってくれるのなら救われる」

（まさか、サイラス様は自分のお顔が嫌いなの？）

男性も女性も誰もが羨む美貌なのに一体なぜ——

聞いてみたかったのだが、禁忌に触れる気がして踏み込めない。

一方、サイラスはフィリスが躊躇《ためら》う間に、フィリスのネグリジェのボタンを外した。

「あっ……」

剝《は》ぎ取《と》られた薄布がぱさりと床に落とされる。

ネグリジェの合わせ目からは、大きく実った二つの乳房が零れ落ちた。

「フィリス、今夜は何もかも忘れてあなたを抱きたい」

「サイラス様っ……」

サイラスはガウンを脱ぎ捨てフィリスに伸し掛かった。

ランプの明かりを消してと頼む前に、足を抱え上げられいきり立った分身の先端で隘路を擦られる。

「やんっ」

サイラスの灼熱の欲望に触れただけで、蜜がじわりと滲み奥へと誘い込もうとする。

サイラスはフィリスの頬を包み込むと口付けを落とした。フィリスの額に銀の前髪がさらりと落ちる。フィリスが肌のむずがゆさに身を捩った、

（私……これだけで、こんなに……）

喉の奥の熱い吐息を吐き出す前に、圧倒的な質量が肉の花弁を掻き分け、隘路に押し入ってきた。

「あ……あっ」

いつもより動きがゆっくりしている分、サイラスの分身の形や大きさ、ぬるりとした感触がまざまざと伝わってくる。

「やっ……」

羞恥心から思わず身を捩らせたのだが、腰を押さえ付けられ、それ以上動けなくなってしまった。

ぐちゅぐちゅと濡れて粘った音を立てながら、サイラスの逞しい肉体がフィリスの上で前後する。

「あっ……あっ……あっ……」

摩擦で生まれた熱で内壁が溶ける気がした。時折弱い箇所を突かれ、いやいやと首を横に振ってしまう。

「フィリス……あなただけはどうか私を拒まないでくれ」

それまでの穏やかな交わりから一転し、今度は激しく突き上げられ、フィリスは息を呑んで目を見開いた。

間近にあるサイラスのアイスブルーの双眸を見上げる。

「そ……んな……。ありえ、ません。私がサイラス様を……あっ！」

逆なら有り得るが自分が拒むなど有り得ない——そう主張しようとしたのだが、ぐりぐりと最奥を責められ噎《むせ》ぶような吐息が漏れる。

続けざまに乱暴にふるふる揺れる右の乳房を握り潰されたが、サイラスに抱かれているのだと思うと、痛みすら快感に変換されてしまった。

ピンと立った乳首を歯でカリッと囓《かじ》られ、吸われると、もっと強くと望んでしまう。

「あっ……んっ……あんっ」

背を仰け反らせながらシーツを強く摑み、骨格のしっかりした腰に足を絡み付けてしまう。

「んっ……あっ……あ……んふっ」

サイラスはフィリスの中からずるりと逸物を引き抜いたかと思うと、次の瞬間根元まで深々と突き入れフィリスの呼吸を止めた。

サイラスに抱かれるたびに、身にも心にも快楽を刻み込まれ、このままおかしくなってしまいそうだと感じる。

――サイラスになら狂わされても構《かま》わなかった。

「くっ……」

秀麗な美貌が歪んだかと思うと、隘路にみっしりと詰まったサイラスの肉が膨張する。

フィリスは目を見開いてその瞬間を待った。

どくりと心臓の鼓動にも似た動きをし、腹の奥に熱いものが放たれる。

体が内側から焼け焦げてしまいそうだった。

サイラスの愛を一滴も零すまいとするかのように。フィリスの秘所がきゅっと締まり、同時に目の前にチカチカ火花が散る。

快感が血流に乗って腹の奥から全身へと広がり手足を痙攣させた。

――てっきり今夜はそれで終わりかと思っていた。

ところが、サイラスは一向に体を離そうとしない。

「サイラス……様？」

「……私を受け入れるあなたを見ていると、どこまで許されるのかをつい試したくなってしまう」

「えっ……」

体に打ち込まれた肉の楔がみるみる硬さを取り戻していく。

「さ、サイラス様っ……」

もうこれ以上はと口にしようとしたが、すぐにサイラスの唇で塞がれ、行き場をなくした。

「ん……んっ！」

ねっとりと湿ったままのフィリスの隘路は、たやすくサイラスの大きさに合わせて広がり、その奥から滾々《こんこん》と蜜を分泌《ぶんぴつ》した。

サイラスは片手で乳房をしっかりと掴み、力を込めて揉み込みながら、ぷっくりと赤く染まった乳首を舌先で弄んだ。

「あっ……んっ……はっ……あ……もっと……優しく……あっ……」

弱々しい動きでサイラスの二の腕を掴んだが、すぐに払いのけられ、シーツに手首を押さえ付けられしまい、抵抗にならなかった。

「あっ……はっ……あっ……あ……あっ」

サイラスの腰の振りが更に大きく激しくなる。

子宮への強い一突きが繰り返されるごとに、フィリスは全身から力が抜け落ちていくのを感じた。

「フィリス……」

不意に名を呼ばれたかと思うと、背に手を回して抱き寄せられる。

「あっ……サイラ……」

吐息ごと言葉を奪われ、フィリスは体を弛緩《しかん》させた。

もう体力も気力もないはずなのに、喉の奥から喘ぎ声だけは漏れ出てしまう。

「んっ……んんっ……ん……」

瞼を閉じサイラスのすべてを受け入れる。

その夜はベッドが軋む音が絶えることはなかった。


フェイザー王国の社交シーズンは十二月から始まる。

フィリスは舞踏会にも晩餐会にも出席しないので関係ないのだが、この冬は王都のハーロウ大学に聴講生として通っている。その間、サイラスとともにカニンガム家の都内の屋敷に滞在していた。

サイラスは予告通りフィリスに従者兼護衛をつけた。ただし、フィリスが目立つのは困るし皆と同じでいたいと頼んだ結果、学生に交じってさり気なく見守るようにしてもらっている。

おかげで学内に違和感なく溶け込むことができた。

(それにしても……)

フィリスは辺りを見回した。

(思ったより女学生が多いわ)

分厚い教科書を抱えた女学生をところどころに見かける。

フェロー大学も今年から女性に門戸が開放され、フィリスを含めて合計三十人ほどの学生、聴講生が入学したのだという。

女性は皆身なりがいいので富裕層には違いないのだが、フェイザー王国における女性教育にとっては革命と言っていいだろう。

フィリスにとっては同じ立場の女性がいることも心強かったが、首筋や胸元を晒さずにいられるのもありがたかった。

社交界や晩餐会では胸元近くまで開いた襟のドレスがほとんどだ。

だが、大学はあくまで学問を修める場所で自分を見世物にする場ではない。

女学生は皆平民の女性の普段着でもある、詰め襟のブラウスにロングスカートを身に纏っていた。長い髪も落ちないよう、実用的にまとめている者が多い。

い。

（とても自由な気分だわ。とても……）

冷たい冬の風すら心地よかった。

身なりや容姿を気にしなくてもいいだけではなく、授業そのものも面白く興味が尽きない。

孤児院では独学で子どもたちに教えていたが、大学では系統だった合理的な教授法を学べる。同じ講座を受講する学生や女学生と語り合うのも楽しかった。

フィリスがすっかり新しい世界に夢中になっていた頃のことだった。

ある人物がフェロー大学を訪れ、ちょっとした騒ぎになったのだ。なぜならその人物とはフェイザー王国において、国王に次いで高貴な身分だったからである。

――王妃ヴァイオレットだった。

その日フィリスは学内にある図書館の窓辺の席に腰掛け、復習に教科書を補足する資料を捲っていた。

もうじき講義も終了する。それまでにありったけの知識やノウハウを吸収しておきたかったのだ。

「……っ」

もう何ページかで読み終えようとしていた頃、「向かいの席、いいかしら？」と尋ねられ顔を上げる。

「ええ、どうぞ」

フィリスは何気なく顔を上げ、直後にハッとして席から立った。スカートの裾を摘まみ淑女の挨拶をする。

「王妃殿下、お久しぶりでございます」

なぜこんなところに王妃ヴァイオレットがいるのだろう。しかも、お供の姿もどこにもない。

王妃は柔らかな微笑みを浮かべた。

「フィリス様、お久しぶりね。お元気だったかしら？」

王妃は薄茶の髪、すみれ色の瞳の女性で、確か今年で四十三歳になると聞いている。年月によってしか磨かれない落ち着きと同時に、どこか少女めいたあどけなさもある魅力的な女性だ。

まだ舞踏会や晩餐会に出席していた頃、何度か顔を合わせたことがあった。

「はい。おかげさまで」

サイラスも王宮で何度も謁見しているはずだ。なのに、自分の都合で挙式にも披露宴にも国王ともども招待していない。申し訳なさで頭が上がらなかった。

「フィリス様、顔を上げて」

「殿下、なぜこの大学へ?」

「ええ、今日は視察に来たの。この大学が一番女学生の数が多いから。ちょっと疲れて図書館で休憩しようとしたらあなたがいたから声を掛けてみたの」

従者や護衛は外で待機させているのだという。

フィリスは女性に学校の門戸が開かれたきっかけが、王妃の政策によるものだと思い出した。なら、視察に来たのも頷ける。

「そうだったのですか。あいにく私は学生ではなく聴講生なのですが……」

「ええ、聞いているわ。とても優秀だともね。元気そうで安心したわ」

ちなみに、国王と王妃もサイラスとの結婚の経緯を知っている。

基本的にフィリスが傷跡の残る大怪我をしたことを知っているのは、家族と一部の身内に限られていたのだが、さすがに国王夫妻に隠し立てはできなかった。何せ、サイラスが頭の上がらないたった二人の人物なのだ。

二人とも暗殺未遂事件後はフィリスを心配してくれ、見舞いの品も贈ってくれていた。

もっとも、それらの品はすぐに母とアンジェリーナに取り上げられたのだが——。

その後他愛《たあい》ないお喋りに興じていたのだが、フィリスはふと途中で王妃はサイラスの母が、どんな女性だったのかを知らないだろうかと思い至った。

彼女は生きていれば五十歳。まだ若い頃、王妃と社交界で顔を合わせたこともあるはずだった。

「王妃様、お聞きしたいことがあるのですが……」

「あら、何かしら？」

オーレリアの話を聞きたいのだが、ジェーンも、バークレイ男爵も、サイラス自身も何も語ろうとはしない。一体何故《なぜ》なのかを知りたいのだと訴えた。

「お恥ずかしい話なのですが、私はサイラス様のことを何も知らずに、傷跡を償っていただく形で結婚いたしました。今更あの方のことを何も知らないのだと思い知って……」

「……そうだったの」

王妃は溜め息を吐きわずかに首を傾けた。

「箝口令が敷かれているわけではないと思うわ。口に出しにくいだけでしょうね」

「一体なぜ……」

「オーレリア様はサイラス様と同じ銀髪にアイスブルーの瞳の、月の女神のように美しい方だったわ。こんなに美女ならカニンガム公爵に見初められ、身分違いの結婚を望まれても不思議ではないと褒め称《たた》えられるほどに」

そして、オーレリアは自分の美しさをよくわかっていた。

含みのある言い方だった。

「それは、一体……」

王妃は溜め息を吐きテーブルに目を落とした。

「サイラス様が生まれて、嫡男を生んだのだから、自分の地位と身分はもう安泰だと思ったのかしら。社交界で若い男性と浮名を流すようになったの」

「ああ……」

ようやくサイラスの女嫌いに納得が行った。

貴族の男性が未婚のうちから女遊びをするのは珍しくはない。一方で、貴族の女性の一部にも結婚し、嫡男を生んでから男遊びに走る者がいる。

貴族の結婚は家同士の政略結婚がほとんどだ。まず、本人たちの意思よりも家と家との結びつきを重要視され、そのかすがいとしてまず嫡男を生むよう求められる。そして、その役割を果たしたのちには、火遊び程度なら見過ごされることが多かった。

だが、それはあくまで政略結婚の場合だ。

「その、前カニンガム公爵は奥様の火遊びが不愉快だったのでは……」

もちろん、政略結婚でも伴侶の浮気を愉快に思うはずがない。それでも、離婚に踏み切る夫婦はほとんどいないと言える。二人だけの問題ではないからだ。

しかし、前カニンガム公爵の結婚は政略結婚ではない。いくら一旦オーレリアを侯爵家の養女とし、体裁を整えたところで貴賤《きせん》結婚である。

オーレリアからすれば玉の輿婚。カニンガム公爵に感謝し、尽くさなければならない立場だ。なのに、まさか夫を裏切っていたとは。

「前公爵は離婚を考えられなかったのでしょうか？」

王妃は肩を竦《すく》めた。

「オーレリア様に首ったけみたいだったから。それに、親族の大反対を押し切って結婚した以上、そう簡単に離婚なんてできなかったでしょうし、何よりももう嫡男を生んでいたから難しかったでしょうね」

なお、前カニンガム公爵はサイラスも説明していたように、軍人肌の堅物で、浮気など考えられない人物だったのだという。

「だから、なおさらお気の毒だったわ。早くお亡くなりになったのは心労もあったんじゃないかしら」

フィリスからすれば政略結婚だろうと、貴賤結婚だろうと、伴侶を蔑《ないがし》ろにする神経がわからなかった。

なお、オーレリアは前カニンガム公爵より一回り年下で、夫亡きあとはさすがに反省したのか田舎に引き籠もり、その後は静かに暮らして昨年ひっそりと一生を終えたのだという。

とはいえ、若い頃の所業は幼いサイラスの心にも深い傷をつけただろう。

（サイラス様が女嫌いになるわけだわ……）

きっと若きオーレリアにとって夫の前カニンガム公爵は、金蔓《かねづる》ではあっても愛し、尽くす対象ではなかったのだろう。前カニンガム公爵にとっては人生をかけた恋だっただろうに。

年甲斐《としがい》もなく若く美しい女性に夢中になり、騙《だま》された結果だと嘲笑《あざわら》うことなどできなかった。

（私も……前カニンガム公爵の辛さがわかるわ）

それでもそう簡単に切り捨てられないことも。

また、ますますサイラスに申し訳ないことをしたと溜め息を吐いた。

「フィリス様、どうなさったの？」

「いいえ、なんでも……」

サイラスは母を愛しながらも蔑ろにされる父と、父に愛されながらも好き勝手振る舞う母の間に育ったのだ。

母とは人間が初めて目にし、触れ合う女性である。その女性が不貞を働いていたとなれば、女性を信頼できなくなっても当然である。

根深い女嫌いだったというのに、自分と結婚せざるを得なかったのだと思うと、ますます気の毒になった。

(せめて私はこれ以上サイラス様にご迷惑を掛けず、お役に立てるよう努めなければ)

幸い、カニンガム家の使用人との関係は良好で、王都、領地双方の屋敷の管理は順調である。だが、それ以上に一刻も早くサイラスの子を授かりたかった。

ところが、フィリスの唯一の願いは無情にも打ち砕かれることになる。


フェロー大学での講座も終了し一息ついた頃。

フィリスは流感《りゅうかん》に感染し寝込んでいた。今年の王都は気候の変動が激しく、二月から三月にかけての気温の上昇が急激で、それにより体調を崩してしまったようだ。

サイラスにも感染するかもしれないので、見舞いは控えるようにと頼んだ。そうでもなければ毎日でも寝室を訪れそうだったからだ。

サイラスは少々渋ったものの、フィリスの希望を聞き入れてくれ、せめてもの心の慰めにと毎日色違いで薔薇を届けてくれた。

「フィリス様、今日の薔薇ですよ」

助手が腕一杯の花束をフィリスに手渡す。

「まあ、綺麗……」

フィリスはその香りを胸一杯に吸い込んだ。

今日の薔薇は高雅な純白だ。清廉さに心洗われる気分になる。

「お薬より薔薇の香りの方が効きそうですね」

「ええ、そうね」

助手は薔薇を花瓶に生け、ベッドのフィリスにも見えるよう、窓辺に飾ってくれた。

その薔薇を見るたびにサイラスが恋しくなる。

(私……もうとっくにサイラス様を好きになっていたんだわ)

例え怪我をさせた責任感や罪悪感から来る優しさでも、胸に染み入って傷跡ごと癒やされる気がした。

「それでは、アーチボルト先生をお呼びしますね」

助手が出て行くのを見送り窓辺の薔薇を見上げる。

「……っ」

途端にまたあの痛みが襲ってきたので腹を押さえた。

(最近、腹痛が多いわ)

月のものが終わって以降もチクチクと痛みが続く。流感が原因ではないことだけはわかっていた。

扉が二度叩かれ今度は主治医のアーチボルトが現れる。

「奥様、お加減はいかがですか」

「ええ、流感は大分よくなっているのですが、以前ご相談した腹痛がなかなか取れないんです」

「前もおっしゃっておりましたね」

アーチボルトはフィリスにいつもの薬を飲ませたのち、問診と診察を行いう〜むと唸った。

「痛みはどんどん強くなっているのですね？」

「はい、そうです」

フィリスの答えを聞きアーチボルトの表情が曇る。

「これは流感のせいではないかもしれません」

「えっ……」

「幼い頃、そうですね。奥様でしたら九歳から十二歳頃にかけて、当時の流行病《はやりやまい》にかかり熱を出したことはございますか？」

「え、ええ。確か、十歳頃に……」

当時流行していた病にかかり伏せっていたことがあった。当時は治療法が確立していなかったため、ひたすら症状が落ち着くのを待つしかなかった記憶がある。

それが一体なんの関係があるのかと首を傾げていたのだが、アーチボルトは衝撃的な一言をフィリスに告げた。

「実は、この数年で判明したことなのですが、女性で幼い頃にその病にかかった場合、後遺症で妊娠しにくくなるという症状がございまして」

「……っ」

目の前が真っ白になり息ができなくなる。

「そんな……そんなことがあるのですか？」

「はい。ただし、あくまでしにくくなるのであって、可能性が皆無というわけではございません。今後食事に気を遣って投薬を続けましょう」

フィリスの耳にはもう何も聞こえていなかった。

（子どもが……できにくくなる？）

フィリスにとってサイラスの子を産むことは、もはや自分の存在意義の一つとなっていた。その意義がすでに失われていたと知り、ぐらりと体が傾きそうになるのを辛うじて堪える。

「かしこ……まりました。先生、申し訳ございません。この件はサイラス様には私の口から伝えたく思います。よろしいでしょうか」

「え、ええ。それは構いませんが……」

アーチボルトは思い詰めた表情のフィリスが心配になったのか、「気付け薬を処方しましょうか?」とおずおずと申し出てきた。

「いいえ、結構です。……気は確かです」

悲しいかな、実家では居場所がなく、セドリックに裏切られ、更に癒えない傷跡が残りと、何度も傷付いてきたフィリスは、不幸に耐性ができてしまっていた。

(……本当はサイラス様に何も打ち明けずに、このまま二人で暮らしたい)

フィリスにとってサイラスとの暮らしは、もはやなくてはならないものになっていた。また一人にならなくてはならないのだと思うと、半身を引き裂かれたように心が痛む。

(私……サイラス様を愛しているんだわ)

いつの間にか心にサイラスが住み着いていた。

それでも、自分の我が儘でサイラスの――カニンガム家の血を絶やすわけにはいかなかった。

（結婚してから舞踏会や晩餐会に出席しなくて正解だったのかもしれないわ）

存在感のない妻だったので、結婚してまだ一年しか経っていない今なら、離婚も比較的スムーズにできるのではないかと思われた。

ようやく流感が癒えて日常生活に戻った頃、フィリスは王都の屋敷にあるサイラスの執務室を訪ねた。

サイラスは屋敷でも夜遅くまで執務に携わることがあるのだが、夜八時から九時までは必ず休憩時間を取ることを、フィリスはこの一年の二人での暮らしの中で知っていた。

「サイラス様、少々お時間をいただいてもよろしいでしょうか？」

「ああ、構わないが。何かあったのか？」

フィリスは書斎机越しに革張りの椅子に腰掛けるサイラスを見つめた。

逃げ出したい思いで一杯だったが、目を逸らしてはいけないと自分に言い聞かせる。

「突然申し訳ないのですが、私と別れてほしいのです」

「……？」

サイラスが息を呑んだのがはっきりとわかった。アイスブルーの双眸が大きく見開かれている。

だが、やはり国王の右腕でもある名宰相。動揺は一瞬ですぐさまいつもの冷徹な表情に戻る。

「理由はなんだ?」

「私は……」

せめて姿勢を正し、毅然としたかったのだが、気力で声の震えまでをも抑えることはできなかった。

「申し訳ございません。私は、子を生みにくい体だと診断されました。ここにアーチボルト先生の診断書もございます」

フィリスはあらかじめアーチボルトから受け取っていた診断書を書斎机の上に置いた。

ところが、サイラスは診断書を手に取ろうとすらしない。

「それで?」

「サイラス様には、カニンガム家には跡継ぎが必要です。こんな体の私では……」

まだサイラスに心惹《ひ》かれる前までなら、愛妾を迎え、彼女との間に生まれた子を、私の子として籍を入れてほしいと頼んでいたかもしれない。

だが、今はサイラスと暮らした双方の屋敷に自分以外の女性が入るなど、とてもではないが耐えられそうにない。嫉妬に狂うのが恐ろしかった。

それくらいならいっそ離婚してサイラスから遠く離れたかった。

もう一枚の書類――離婚届を診断書に重ねる。

「ここに離婚届がございます。私のサインはすでに記入済みです」

フィリスは嫁いできた時と同じように、身一つでカニンガム家を出て行くつもりだった。

唇を引き結んでいたサイラスがようやく口を開く。

「……私と離婚したとして、これからどうするつもりだ。まさか、あの実家に帰りはしないだろうな。それとも、修道院に入るつもりか」

実家に戻る選択肢は有り得ない。傷跡のある、出戻りの娘をあの両親が受け入れてくれるとは思えなかった。だからと言って、修道院に入る気もない。

なんだかんだで未婚だった頃には実家のヴェイン家に、結婚してからは夫であるサイラスに守られてきたのだ。サイラスが心配する気持ちは理解できた。

しかし、今後は自分の力で歩いて行かなければならなかった。一人で生きていくためにどのような道があるのか、すでにいくつか候補も挙げている。

これ以上サイラスに罪悪感や責任感を抱き続けてほしくはなかった。

「その点はご心配なく」

「……」

サイラスがようやく診断書と離婚届を手に取った。

「せっかく結婚していただいたのに申し訳ございません。どうぞサイラス様に相応しい奥様をお迎えになるよう――」

「冗談ではない」

サイラスはそう言い切りまずは診断書を、続いて離婚届けを真っ二つに引き裂いた。立ち上がり粉々に千切り宙に放り投げる。

フィリスは息を呑んで紙吹雪が絨毯に舞い落ちるのを見守った。

「フィリス、私はあなたに言ったはずだ。あなたは私の妻でいてくれるだけで構わないと」

「そ、そうかもしれませんが、カニンガム家の血を絶やすわけには」

「血？　こんな血など悪魔にくれてやる」

悪魔だのという穏やかではない表現に慄く。

アイスブルーの瞳には静かな、だが灼熱の怒りの炎が燃えていた。

「子どもなど必要ない。……私にはあなたさえいればいい」

「で、ですが」

「何度言えば信じてくれる」

「……っ」

もう耐えられずにフィリスは口を開いた。

「お願いですから別れてください。……あなたのそばにいるのは辛い」

辛いと告げられ息を呑んだサイラスを前に言葉を続ける。

「私は……ただ与えられるだけでは苦しいのです。こんな私でもお役に立てている。生きていていいのだと思える何かがほしかった」

それはサイラスの子を産み育てることだけだった。

「申し訳ございません……」

「フィリス」

サイラスは俯くフィリスの前に立った。ほっそりした手を取って包み込む。サイラスの手の平は大きく温かく頼もしかった。

「あなたは、自分が与えられているだけだと思い込んでいるのか？」

サイラスが何を言っているのかがわからず首を傾げる。

「私は何も……」

「あなたはこの家を管理してくれているだけではない。毎日食事をともにし、会話をし、ともに眠る。……私があなたの温《ぬく》もりにどれだけ救われていたか。子どもなど養子を取ればいいだけの話だ。二度と離婚などそんな話はしないでくれ」

「そ、それは妻なら誰でもできることです。新しい奥様とでも――」

「……なるほど。あなたは私に別の女と結婚しろというのか」

サイラスの声が一段低くなる。

「サイラス様……?」

サイラスはゆらりと立ち上がると、フィリスの前に立ちその顎をぐいと摑んだ。

「なっ……」

「私にあなた以外の他の女と交わる地獄を味わえと?」

次の瞬間、軽々と横抱きにされ書斎机の上に押し倒された。

「なっ……何をっ……」

後頭部と背が木材に押し当てられて痛いと訴える間もなかった。

冷徹なアイスブルーの双眸とそれらを取り囲む濃い睫毛が、鋭利な線を描いた頰に影を落としているのを見てドキリとする。

「……あなたは残酷な人だ」

サイラスは言葉とともに手をフィリスの胸に這わせた。ドレス越しにギュッと握り潰され甘美な痛みに顔を顰める。

「あっ……」

「何度子どもなど必要ないと言えば信じてくれる」

「……っ」

くりくりと胸の頂を捏《こ》ね回されると、喉の奥から熱い息が吐き出された。

「あ……いけませんっ……」

「いけない？　そんなことを言う割には、あなたの体は随分と感じやすいな」

「そんなっ……」

強引に口付けられ唇を割り開かれ、弱々しい拒絶の言葉ごと奪われてしまう。

繰り返される愛撫に乳首がピンと立つのを感じ、フィリスは自分はどれだけいやらしい女なのかと泣けてきた。

「……っ」

身を捩って逃れようとするのだが、力でサイラスに敵うはずがない。今度は両の乳房を緩急を付けて揉み込まれた。

「あっ……あんっ……やっ」

心臓が早鐘を打ち全身に熱を送り出している。サイラスもその鼓動を手の平で感じ取っているだろう。そう思うとますます羞恥心に体が熱くなった。

熱はやがて胸から下半身へと下り、子壺に溜まってトロトロと溶け落ちていく。

サイラスの右手はそんなフィリスの熱の動きを追うかのように、すっと腹部を撫でながら足の狭間へと滑り込んだ。

ドレスのスカートが捲り上がり、フィリスの白いすらりとした、それでいてまろやかな足を露わにした。

「あっ……」

すでに何度もサイラスに貫かれたそこに、羽ペンを握り続けてかたくなった指先が触れると、たちまち体から力が抜け落ちてしまう。心はいけないと拒んでいるのに。

(私は……こんなにいやらしい女だったの……?)

次の瞬間、なんの前触れもなく視界に白い火花が散った。

「やあっ……」

書斎机の上でフィリスの全身が撥ねる。

最も敏感な花心を指先で搔かれ、弾かれたのだ。強烈な快感に足の爪先がピンと伸びる。

どういうわけか首筋にも同じ刺激が走った。

「フィリス、あなたはもうこんなにも濡れている」

ぐちゅぐちゅと蜜口付近を掻き混ぜられると、「あ、あ、あ」と動きが一周するたびに喘ぎ声が漏れ出た。

「こんなにも感じているのに、私から離れたいというのか」

「……っ」

サイラスの指先がフィリスの隘路へと侵入する。いつもより早急で強引な動きで弱い箇所を抉られ、フィリスは何度も腰を跳ね上げた。そのたびに腰が書斎机に打ち付けられたが、もはや痛みを感じる余裕などなかった。

「あなたのここはすでに私の形になっているというのに」

更にもう一本の指が隘路に潜り込む。圧迫感に息を吞む間に指が更に増えた。

「や……ああっ」

「何を言っている。いつもはもっと太いものをくわえ込んでいるだろう」

サイラスが三本の指をぐるりと回転させると、未知の快感の在処《ありか》に触れ背筋に痺れが走った。

「あっ……そこっ……駄目っ……」

「駄目ではない。もっとだろう、フィリス」

ところが、言葉とは真逆にサイラスは指を一気に引き抜いた。

「やぁんっ……」

埋められていたそこが虚《うつ》ろになり、溜まっていた蜜がトロトロと零れ落ちる。

サイラスの三本の指も怪しいぬめり気のある光を放っていた。

サイラスはフィリスに指先を見せ付けると、そのまま蜜を舐め取りアイスブルーの瞳に青い炎を燃やした。

「……行かせるものか」

トラウザースをずり下ろす。

「決して、離さない」

フィリスはサイラスの足の狭間にいきり立つ雄の象徴に慄いた。

赤黒く先端に濁った滴を纏わり付かせた肉塊から目が離せなくなる。こんな凶悪なものが今まで自分の体内に出入りしていたとは信じられなかった。

「ひっ……」

二度体を起こそうとしたのだが、腰を押さえ付けられ身動きが取れない。すっかり潤ったそこに肉塊を押し当てられると、身を焼け焦がしそうな熱を感じてびくりと肩が震えた。

「さ、サイラス様っ……」

止めてと訴えたいのにその一言が出てこない。

（私……どうして……）

心とは裏腹に体の奥は淫らに疼《うず》いてサイラスの雄を求めていた。

「フィリス、あなたは、私のものだ」

「あっ……」

ぐちゅりと音を立てて隘路が押し広げられる。もう何度も抱かれているはずなのに、先ほど三本の指で慣らされたはずなのに、凄まじい圧迫感と衝撃にも近い快感に涙が込み上げてきた。

「あっ……ああっ……」

呼吸の仕方を忘れてしまったように、息を吐き出すことしかできない。

サイラスは肉塊を押し込んではわずかに引き抜き、また押し込んではわずかに引き、その動きを繰り返し、徐々に、だが確実にフィリスの肉体を中央から貫いていった。

「あっ……。……っ」

「フィリス……あなたの中は、やはり熱いな。それに、私を離さないとでもいうように、こんなにも締め付けてくる」

「……っ」

心と体両方を同時に責められ、頬に涙が零れ落ちる。思わず顔を背けようとしたところで、最奥まで一息に貫かれて目を見開いた。

「ああっ……」

自分の中にサイラスの分身が満ち満ちているのを体中で感じる。内臓が押し上げられる感覚に、息を吐き出し耐えようとしたのだが、吐息ごと口付けで飲み込まれてしまった。

「ん……う」

サイラスの唇は蜜を舐め取ったからかいつもと違う苦みが混じっていた。

「んっ……んんっ」

腰を突き上げられる衝撃で唇を開いてしまい、すぐさま舌を絡め取られる。上の口でも下の口でも交じわっている——その二重の快感に耐えきれずについにフィリスは堕《お》ちた。

接合部から蜜が漏れ出るのは激しい動きからだけではない。サイラスの分身が一回り大きくなったことでフィリスの許容量を超えている。

「フィリス……」

サイラスも締め付けられているからか、声は掠《かす》れ口調はどこか苦しそうだった。

「あ……あっ。サイラス様っ……」

フィリスがサイラスの名前を呼び、その二の腕に縋り付いた瞬間、最奥で熱い飛沫《しぶき》が弾けた。

「あっ」

フィリスの奥深くにまで流れ込み、染み込み、フィリスの体内にサイラスの熱を移した。

「ああ……」

身も心も蕩《とろ》かされ逃げる気力などもう残されていなかった。


――サイラスはフィリスが離婚を切り出して以降、まったく外出を許可しなくなってしまった。

屋敷の中ですら常に侍女がついており、一挙一動を監視されている。

そして、夜はサイラスの気が済むまで体を責め立てられた。

その夜、フィリスは眠りに落ちるサイラスの隣で体を起こした。

サイラスの寝室のランプの明かりはすでに消えていたが、窓から差し込む月明かりがフィリスの肌を照らし出していた。傷跡付近には赤い痕がいくつも散っている。

フィリスは溜め息を吐いてガウンを身に纏った。

(このままではサイラス様から離れられなくなってしまう)

サイラスのためにもカニンガム家のためにもならない。

ひとまず一人になって考えをまとめたかった。

「誰かいる？」

扉に声を掛けると外で待機していたのだろうか。「はい、こちらに」とメイドがすぐに返事をした。

「部屋に戻りたいの」

「かしこまりました」

フィリスはメイドとともに奥方専用の寝室へ戻った。

（いつ、どこにいても見張られているのね……）

きっと逃げ出さないか警戒しているのだろう。

（私はサイラス様に信用がないのね）

所詮は貴族の令嬢。温室育ちで一歩外に出てしまえば、枯れるしかない弱い存在だと見られている。

溜め息を吐きつつ寝室のベッドに身を横たえる。

明日もう一度サイラスと話し合わなければならなかった。

いつものフィリスなら就寝前に必ず窓辺のランプの火を消す。ところが、サイラスに抱き潰されて疲れていたからだろうか。ベッドに潜り込みそのまますぐに眠ってしまった。

そうした場合、メイドが後ほど見回りに来て消火するのだが、その日は人員交代の手違いにより寝室の点検に訪れる者はなかった。

フィリスが火事に気付いたのはランプが窓辺からバランスを崩して落ち、絨毯に火が燃え移り、瞬く間に寝室を灼熱地獄と化した頃のこと。

「なっ……」

目を覚ました途端肌を炎に炙《あぶ》られたのでぎょっとする。

（火事？）

一刻も早く逃げ出さなければならない。

慌てて廊下に飛び出すとフィリスを助けに来たのだろう。サイラスとメイドたちが泡を食った顔で現れた。

「サイラス様……！」

「フィリス、こちらだ！」

全員で庭園の噴水前に避難する。フィリスは呆然と火災に見舞われた屋敷を見つめた。

第四章　それぞれの真実

その後火はフィリスとその隣にあるサイラスの寝室、客間を焼いて消し止められた。

幸い、皆避難し怪我人《けがにん》や死者は一人も出なかった。屋敷も建て替えるほどではなく一、二年で修復できるとのこと。

ただ、寝室部分が燃えてしまったので、王都での滞在が難しくなっている。

サイラスは当初フィリスを領地の屋敷に移そうとしたらしい。だが、それに待ったを掛ける者が現れた。

——王妃ヴァイオレットだった。

ヴァイオレットはサイラスに「フィリスを社交シーズン中、夏までの話し相手にしたい」と頼んだのだという。その間は王宮の客間に滞在すればいいとも。

舞踏会や晩餐会も楽しくないわけではないが、人間関係や気遣いが面倒で気兼ねなく話せる若い友人がほしいのだと。

『私だけではなくて、娘たちにも新しいお友だちがほしいの』

『いや、ですが……』

王妃はサイラスに「別に命令というわけではないのよ?」と微笑んだのだという。

『これはお願いなの』

宮廷に睨みを利かせるサイラスも、自分を取り立ててくれた国王と王妃には頭が上がらない。

結局、社交シーズンが終わる八月末までという約束で、フィリスは王妃の話し相手として王宮に滞在することになった。

フィリスは一時期ではあるがサイラスから離れ、胸を撫で下ろすのと同時に寂しくなっていた。

(私、すっかりサイラス様に依存していたのだわ)

傷跡があるからどこにも行けないと引き籠もり、話し相手といえばサイラスくらいだったのだ。

フェロー大学で講義を受けていた頃には、同じ立場の女学生や聴講生と語り合うこともあったのだが——

「ねえ、フィリス。あなたの番よ」

王妃に声を掛けられはっとする。

現在王妃の話し相手として王宮に滞在しており、今は王妃とチェスに興じている。何をぼんやりしているのかと自分を叱り付けた。

フィリスがナイトのコマを進めると、王妃は「やっぱりあなたは強いわね」と唸った。

「でも、遣《や》り甲斐《がい》があるわ。こうしてちゃんとぶつかってもらえるとワクワクする」

王妃は侍女や臣下らと時折チェスをするのだが、皆身分差から遠慮して手加減し、対等な試合ができないのだという。

「あなたは人をよく見て、望むものを汲《く》み取るのが得意ね。きっと教育者にも向いていると思うわ」

「えっ……」

フィリスは思わず王妃のすみれ色の瞳を見つめた。

「フィリス、私の下二人の娘の家庭教師になってくれないかしら？　あなたは古典と言語学が得意だとバークレイ男爵から聞いたわ。もちろん、実力に応じた手当ては出します」

「……っ」

願ったり叶ったりの申し出が信じられなかった。

サイラスと別れてからの自活の手段を模索していたのだ。家庭教師はその中の候補の一つだった。王女の家庭教師の経験があれば、その後の仕事も見つけやすくなる。

「で、ですが、私でよろしいのでしょうか」

「ええ。あなたには孤児院で孤児たちを実際に教えた経験もあれば、古典と言語学の体系的な知識もある。聴講生ではあるけれど大学で学んだ経験もある」

自分ではたいしたことがないと思い込んでいた経歴を、王妃は「これだけの能力がある女性はフェイザー王国には数少ない」と言い切った。

「私は娘たちにあなたのような女性もいるのだと教えてあげたいの」

「それに」とポーンの駒を手に取り苦笑する。

「あなたもサイラス様のところに戻りたくはないのでしょう？」

なぜ王妃がサイラスとの事情を知っているのかと目を見開く。

王妃は「先月、バークレイ男爵があなたに手紙を送ったのよ」と説明した。

「カニンガム家の領地近くにフェロー大学の分校ができることになったので、そこでなら社交シーズン中以外にも学べるので推薦しておこうかと書いたらしいの」

ところが、フィリスからは返事がなく、代わりにサイラス様が〝妻は具合が悪いので〟と送ってきたのだと。

バークレイ男爵は見舞いの品を贈らなければと心配していたそうだ。

「でもね、私はそれは嘘だって感じたのよ」

王妃は小さく溜め息を吐いた。

「あなただったら絶対受けるはずだってね。だって、大学の図書室で学んでいたあなたは誰より楽しそうだったから」

そう、確かに楽しかった。傷跡に影響されない世界があると知って嬉しかったのだ。

王妃は小さく頷き言葉を続けた。

「サイラス様はあなたを世間から遠ざけようとしているのではないかと思ったわ。あなたを自分の用意した鳥籠の中で飼っておきたいのではないかと。私も昔同じ目に遭ったことがあったから。私の場合は夫ではなく父だったけど」

「えっ……」

思い掛けない告白に目を瞬かせる。王妃は「昔のことよ」と笑った。

「そんなことをしても心までをも自由にできるわけではないのにね」

それにしてもと首を傾げてフィリスを見つめる。

「私の推測は当たっていたみたいね。フィリス、あなたはその鳥籠から抜け出したいのね？　家庭教師の仕事を引き受けたということは、自活を考えているのでしょう。まさか、サイラス様と離婚したいの？」

王妃がフィリスを王宮に留め置いたのは、その真意を問い質すためだったのだという。

「もし、あなたがそう望むのなら、たとえサイラス様が相手でも協力するわ。私は……女性だからと自由を奪われるのに抵抗があるの。あなたはどうしたいの？　それとも、サイラス様のもとに戻りたい？」

「私は……」

サイラスが差し伸べてくれた手を振り解《ふりほど》き一人で生きていく——想像しただけで体が冷たくなるほどの孤独を覚えた。

膝の上の拳を握り締める。

「……そうするしかないんです」

「なぜそう思うの？」

王妃の声は母親のように優しかった。ふと、王妃と実母のキャサリンとは同年代なのだと思い出す。不敬だとは感じつつも吐き出さずにはいられなかった。

「だって……私は……ただでさえ傷物なのに……もうサイラス様のお役には立てないから……」

手の甲にずっと堪えていた涙が一滴零れ落ちた。

＊＊＊

フィリスが王妃に召し出されてもう一ヶ月が経った。

その間、何かと理由をつけて会わせてもらえていない。国王に何度か頼み込んだのだが、「遠距離恋愛をしていると思え」と笑いながら躱された。

まったく、王妃とあの海千山千の国王だけには敵わない。

それにしても、なぜ国王夫妻が自分とフィリスを引き離そうとするのか理解しがたかった。あの二人にはまったく関係ないことなのに。

苛立ちのままに羽ペンをインク壺に突っ込んだからだろうか。余分なインクがついて作業中だった書類にシミを作った。いつもなら有り得ない単純なミスだ。

「……」

溜め息を吐いて羽ペンを置く。

（フィリスに会いたい）

会ってこの胸に抱き締めたかった。フィリスの一部なら肌も、髪も、傷跡すら愛おしかった。

むしろ、傷跡があったおかげで彼女を手に入れられたのだ。おのれの醜悪さに吐き気を覚えながらも感謝すらしていた。

（……私は、父上の子なのかもしれないな）

顔立ちこそ忌まわしい母のオーレリアと瓜二《うりふた》つだが、愛する者への執着はそっくりである。まったく、似てほしくないところばかり似るものだと、溜め息を吐いて書斎机の上に手を組んだ。

（父上、あなたは自分の元から逃げようとした母をその手に掛けた。……私はどうする？）

サイラスは窓の外にある初夏の夜の黒に「あの日」の闇を思い出す。あの事件もやはり月も星もない、絶望にも似た夜に起こった。

＊　＊　＊

――それまでオーレリアが母であろうとしたことは一度もなかった。口付けられたことも、頭を撫でられたことも、抱き締められたこともない。

オーレリアはサイラスを産んだのち、お役御免とばかりに養育を乳母に任せきりにし、父のジェラルドが執務に忙しいのをいいことに、舞踏会に、晩餐会に、賭け事にと一人遊びに忙しかった。

だが、ジェラルドはオーレリアを熱愛していたため、そうした態度を咎めようともしなかった。というよりは、咎められなかったのだろう。

オーレリアは貴族では下層にある準男爵家出身だったが、稀《まれ》に見る美しさとその魔性から、平民の資産家の妻から王族の愛妾としてまで、ありとあらゆる階級の男から求愛されていた。

なぜより取り見取りの状態で父が選ばれたのかははっきりしない。並外れた能力と財力があるものの、真面目で堅物だったために簡単に操れる――その程度の理由だったのだろう。

サイラスも幼い頃は人並みの子どもで、母の優しさと温もりを求めていた。いくら世話役の乳母がいたとはいえ、乳母にとって養育は義務でしかないのであり、惜しみない愛情まで与えてくれるわけではない。

ところが、オーレリアはサイラスが歩み寄っても、「いやね、ドレスが汚れるわ」と眉を顰めるばかりだった。

代わってサイラスを可愛がってくれたのが、多忙であるはずのジェラルドだった。執務の合間を縫ってサイラスの遊び相手になり、よく膝の上に乗せて慰めてくれたものだ。

「お母様は忙しいんだよ。仕方がないんだ」

あの言葉は息子にというよりは、自分に言い聞かせていたのだろう。サイラスは愛されないことが悲しくはあったが、ジェラルドにそう諭されると口を噤むしかなかった。

母が父を嘲笑いながら出し抜いて、数多の男と交わっていると知ったのは、まだ十歳にもならない頃のことだ。

ある日珍しくオーレリアはサイラスを連れて、友人の貴婦人の暮らす屋敷に泊った。同じ年頃の子どもがいるので、きっと仲良くなれるだろうからと。

ところが、夜皆が寝静まった頃、サイラスはふと目を覚まし、オーレリアが同室であった寝室から姿を消しているのに気付いた。

「お母様……どこ?」

客間はいくつかあったのだが、その中に扉と壁の間から、明かりが漏れ出ている一室があった。明かりだけではなく声も聞こえてくる。

「……ふふ、ふふ。駄目よ。せっかちね」

「……?」

サイラスは何気なく隙間を覗き込んで、衝撃的な光景にその場に立ち尽くした。オーレリアが豪奢なベッドの上で、友人の夫とその従者、更には召使の男の四人で、嬌声を上げつつ絡み合っていたのだ。

「こんなことをしていけない奥さんだな。公爵閣下は構ってやらないのかい？」

「だって、金を稼ぐしか能のない、つまらない男だもの。あなただって悪い夫じゃない？　妻の友人の女と寝るだなんて」

サイラスは口を押さえて一歩後ずさると、それ以上見ても聞いてもいられずに走り出した。

オーレリアは我が子に興味がなく、知ろうともしなかったのだが、不幸にもサイラスは英才児であり、こうした行為の意味をすでに理解していた。

自分は裏切りの隠《かく》れ蓑《みの》だったのだと傷付くのと同時に、これまでのオーレリアの不自然な行動の謎が解けた気がした。この時も、あの時も、その時も、オーレリアはジェラルド以外の男と戯れていたのだ。

同時に、決してジェラルドに知られてはならないと思った。きっと嘆くどころではないだろうと判断したのだ。しかし、この時の決断をサイラスは永遠に後悔することになる。

ジェラルドがサイラスと距離を取り、よそよそしい態度を取るようになったのは、その夜から二年ほど経ってからのことだった。

すでに十二となり、親の愛ばかりを求める年ではなくなっていたものの、サイラスはこちらをちらりと見ることもなく、口を利こうともしない父に戸惑った。あれだけ優しかったのに何があったのか——

翌月、ジェラルドはオーレリアとサイラスを残し、社交シーズンというわけでもないのに王都へ旅立った。領地の一部を売却し、新規事業を立ち上げるため、手続きを取ってくると言い残して。

オーレリアがこの機会を見逃すはずがない。出発当日の夜更け、現在お気に入りの愛人を屋敷に連れ込んだ。

召使たちはすでにオーレリアの悪行を知っている。しかし、ジェラルドに教えることもできなかった。

オーレリアの愛人には王族などの権力者もいる。彼女の怒りを買った場合の復讐《ふくしゅう》を恐れたのだ。そして、オーレリアは復讐を躊躇《ためら》わない類《たぐい》の女だった。

カニンガム邸の実質的な主人はもはやオーレリアだった。オーレリアもその立場を自負していたから、こうも好き勝手な真似ができたのだろう。

サイラスはオーレリアのこの夜の行いを知らず、一人机に向かってランプの明かりで経済学を勉強していた。家庭教師にわざわざ教わるよりは、自分で書物を読んだ方が早かったのだ。

——軽く乾いた、それでいて不吉な破壊音が響き渡ったのは、書物の最後の一ページを捲った直後のことだった。

ジェラルドはその音がなんなのかを知っていた。護身のための拳銃の扱い方は、十歳から叩き込まれていたからだ。

なぜ屋敷内に銃声が響き渡ったのかはわからなかったが、無意識のうちに立ち上がり部屋を飛び出す。

一体どこで何があったのか——片端から部屋を見て回ったが、最後に母の寝室の扉を開けた次の瞬間、目の当たりにした凄惨な光景に絶句し、その場に立ち尽くして口を押さえた。

出掛けたはずのジェラルドが拳銃を右手に、呆然と近くのベッドに目を向けていた。

ベッドにはオーレリアとその愛人がいたが、うつ伏せになったままピクリともしない。二人の背もシーツもたった今流されたばかりの紅に染まっている。

——何があったのかは一目瞭然だった。

「お、お父様、お母様……」

息子の声など聞こえていないのか、ジェラルドは震える声でオーレリアに訴える。

「愛していたのに……信じていたのに……。なあ、オーレリア、あの子は一体誰の子なんだ？」

どう考えてもすでに正気ではなく、サイラスがはっと気付いた時には、ジェラルドはふらふらとバルコニーに出て、サイラスが止めるまもなく庭園に身を投げた。

悲鳴すら上げられなかった。震える手をバルコニーに掛け見下ろすと、父は俯せに倒れ血を流していた。子どもの目にも一目で助からないと判断できた。

「ちち、うえ」

サイラスがジェラルドを呼んだのと、死んだはずのオーレリアが、低い呻《うめ》き声《ごえ》を上げたのとが同時だった。

「母上？」

オーレリアにはまだ息があるのだと知り駆け寄る。見ると幸い急所は外れている。まだ手当をすれば助かりそうだった。

「サイラス様、先ほどの銃声は一体……！」

寝室に駆け付けた執事とメイドの声を聞いて我に返る。

動揺していたはずの精神がたちまち冷静になった。悲しいかな、サイラスは母の不貞を知り、胸に秘めると決めたことによって、すでに十二にして大人になっていたのだ。

まず、新カニンガム家当主として、是が非でもこの事件を隠蔽せねばならなかった。当主が妻とその愛人に危害を加えた挙げ句、みずから命を断ったなど、カニンガムの名を落とす醜聞となるどころではない。

ジェラルドはカニンガム家の繁栄と、オーレリアへの愛に生涯を捧《ささ》げていた。ならば、カニンガム家だけでも無傷のまま残さなければならない。

「ロバート」

執事を振り返り淡々と命じる。

「先ほど酒に酔った父上がバルコニーから足を滑らせた。すぐさま庭園に救出に向かうように」

「旦那様がですか？　一体なぜ屋敷に……」

「……行け」

執事はサイラスの有無を言わせぬ口調に息を呑んだが、すぐにすでに新たな主人が誕生したと悟ったのだろう。胸に手を当て「かしこまりました」と頭を下げた。

「それから、主治医を呼んで母上の手当をさせろ。主治医が無理なら他の医者を。金に糸目は付けない」

もっとも、サイラスとしてはオーレリアにも愛人にも、そのまま死んでもらった方が都合がよかった。

しかし、カニンガム家に忠実な執事はともかく、メイドにも事件現場を目撃されている。見殺しにすることもできなくなっていた。

「母上とその友人は銃の暴発の事故で大怪我をした。……いいな」

執事はサイラスにアイスブルーの双眸を向けられ、凍り付いたかのごとく微動だにしなかった。サイラスは恐怖を押し殺すその目の中に、オーレリアと瓜二つの美貌を見た――


残念ながら父は助からず、オーレリアの愛人も命を落とした。なお、オーレリアの愛人はどこの馬の骨とも知れぬ男で、結局身元不明のまま共同墓地に埋葬するしかなかった。

ところが、オーレリアは主治医の懸命の手当により一命を取り留めた。

ただし、脊髄と頭部を損傷したせいで、もう一生歩くこともできず、介護なしでは生きていけない。しかも、記憶を失い自分が誰なのかもわからなくなっていた。

サイラスは驚くほど冷徹に、厄介なことになったと思った。子どもが母親に対して抱く感情ではない。実際、すでに母親とは見なしていなかったのだろう。

その後療養の名目で遠方の別荘に送り届け、ほとんど見舞いに行くこともなかった。

オーレリアはその別荘で余生を過ごし、実に十五年に渡る歳月を、正気を取り戻すこともなく亡くなることになる。

長年、オーレリアを介護していたメイドは、「驚くほど安らかな最期でした」と語った。ある朝眠るように亡くなっていたのだと。

身勝手に奔放に生き父を追い詰めたというのに、そんな穏やかな死に方が許されるのか。

本来、カニンガム家前当主の奥方なのだから、通常なら盛大な葬儀が執り行われる。しかし、その頃オーレリアはすでに世間から忘れ去られた存在。彼女の実家である準男爵家も代替わりしていたので、身内の許可を取った上で密葬となった。

葬儀に参列したのは息子である自分と、オーレリアの実家を継いだ彼女の甥の代理人だけだった。

ビロードの棺の中で白バラに囲まれて眠るオーレリアは、子どものようにあどけない表情をしていた。

もう五十歳近くだったというのに、長年室内で過ごしていたからだろうか。シミも皺もなく忌々しいほど美しかった。そして、嫌になるほどサイラス自身にそっくりだった。

サイラスは棺の中の母に問い掛けた。

（……母上、私は一体誰の子だったのですか？）

事件後にオーレリアについて調査させたところ、ジェラルドではなくとも目を覆いたくなる報告書が届けられた。

オーレリアは社交界にデビューした頃から次から次へと既婚者、未婚者問わずに誘惑し、誘惑されていた。しかも、自分を産む前からだ。彼女には自分の美しさを褒め称える、大勢の異性が必要だったのだろう。

ジェラルドの息子である自分に対する態度の変化の理由がようやくわかった。いや、初めからうすうす知っていたが受け入れたくないだけだった。

「あの子は一体誰の子なんだ?」——確かにそう問い詰めたくもなるだろう。自分にジェラルドに似たところは少しもなかったのだから。だが、一体自分が誰の子なのかを確かめる術はもうない。

もはや誰も答えられないその疑惑は、サイラスを何年にも亘って苦しめていた。本来なら自分はカニンガム家の後継者であるべきではない。

しかし、カニンガムの血を引いていた場合には、自分が唯一の直系であり跡継ぎとなるので、ジェラルドの努力を考えれば死ぬこともできなかった。

前に進むことも後ろに引くこともできない中、従者とともに王都の屋敷に戻ろうと馬を飛ばした。

執務が溜まっていたためになるべく早く帰ろうとして、馬車ではなく直に愛馬ヘルメスの背に跨がったのだ。その方が断然速度は速く時間の節約になる。

ところが、ヘルメスを走らせて二時間も経った頃だろうか。徐々に風が強くなり雨が混じったかと思うと、十分も経たぬ間に暴風へと変化した。

「かっ……閣下！　すぐに避難しましょう！」

従者と護衛に提案されたものの、その界隈《かいわい》は延々と道が続くばかりで、民家が一件も見当たらない。そうこうする間に視界を遮られ、気が付くと従者や護衛と逸れていた。

このままではまずい――危機感を覚えながらもひたすら馬を走らせていると、嵐の向こうに教会と併設する施設があるのが見えた。

助かったと胸を撫で下ろした次の瞬間、後頭部に衝撃を覚えて落馬する。

「……っ！」

強風で吹き飛ばされた何かが直撃したらしい。頭がくらくらしその場に倒れ伏した。痛みとともに熱い血が流れ落ちていくのを感じる。

死ぬかもしれないというのに、心のどこかでこれでいいという思いもあった。これでオーレリアと誰とも知れぬ男の忌まわしい血を洗い流せると。

ところが、意識が遠のいていく中で、高く澄んだ声が聞こえた。

「あなた、偉いわね。ご主人様を守っていたの」

女性、しかも若い女性の声だろう。まだ少女と言っても差し支えない。

もしかして、すでに自分は天国におり、この声は天使のものなのだろうか。

いいや、そんなはずがないと苦笑する。

あの女の、オーレリアの血を引いている以上天国などには行けないだろう。むしろ、その方が自分の魂は救われる気がした。

それからどれだけの時が過ぎたのだろうか。どこからかまたあの天使の声が聞こえた。

「シスター、ブランデーをいただけますか」

「はい」

次の瞬間、鈍い痛みと鋭い痛みに同時に襲われ思わず呻き声を上げる。

「ここは……」

重い瞼を開けるとすぐそばに澄んだエメラルドグリーンの瞳があった。森の緑のように優しく吸い込まれるように深い色だった。

「お目覚めになりましたか。具合はいかがでしょう?」

どうやら天使の声の主らしい。聖母さながらに柔らかな笑顔に目を奪われた。

——女性を美しいと感じたのは生まれて初めてだった。

聞けばこの辺り一帯の領主、ヴェイン伯爵家の令嬢なのだという。孤児院では慈善事業

の一環で、孤児たちに読み書きを教えていると笑っていた。

身のこなしと漂う気品から貴族だろうとは薄々感じていたが、彼女には貴婦人や令嬢にありがちな気位の高さがまったくなかった。これほど清らかで美しい女性であれば、さぞかしちやほやされるだろうに。

「あなたのお名前は？」

そう尋ねられサイラスは言葉に詰まった。

この女性に本名を名乗るのは躊躇《ためら》われた。彼女の前ではカニンガム家当主でも、どこの馬の骨とも知れぬ男とあばずれの息子でもなく、ありのままの自分でいたくなったのだ。

「フィリス、大変申し訳ない。事情があって名乗ることができない。私のことはジャックと呼んでほしい」

「ジャック様、ご安心ください。この件については一切口外しません」

フィリスは怪しいことこの上ない、無茶な事情でも納得してくれた。見て見ぬ振りのできる処世術はやはり貴族だと思わせられた。

彼女は不思議な女性だった。

貴族が慈善事業に携わるのは珍しいことではないが、孤児への熱の入れようが持てる者の気紛《きまぐ》れには見えない。

なんと、寄付金を支出しているだけではなく、子どもたちの教師役も買って出ているのだと聞いて驚いた。教科書もフィリスの手作りなのだという。

「ここでは予算が足りないんです」

フィリスは自分の寄付金だけでは到底賄えないと苦笑した。

「小さな教会ですからね。だから、シスターと話し合って、自分たちでできることはしようと」

フィリスの熱意はシスターらにも伝わっているようで、伯爵家の令嬢のお遊びに付き合っている様子はまったくなかった。

「フィリス様には随分と助けられています」

ある日サイラスの手当にやって来た、もっとも年若いシスターはそう語った。

「シスターとは言いますが、私も貧しい農家の出身で、口減らしのためにこの孤児院に入れられました」

そのままシスターになったはいいものの、学がなく子どもたちに教えることなど夢のまた夢だった。

「だから、あの方が手を差し伸べてくださって、本当に嬉しかったんです」

彼女の口調からフィリスを心から慕っているのが察せた。

「フィリス様が結婚されてからはどうしたものかと、今、皆で話し合っている最中なんです。フィリス様はご自分に代わる教師役を推薦するとおっしゃってくれているのですが……」

「……結婚？」

思わずそう問い返していた。

「フィリスは結婚の予定が？」

「ええ。確かお相手はステア家のセドリック様だったかと。半年後くらいには式を挙げられるそうですよ。修道院長も招待されているんです」

貴族の令嬢にとって婚約者がいることは珍しくはない。伯爵家の長女となればなおさらだろう。

なのに、なぜこうも衝撃を受けたのか。胸の奥がズキリと痛む。

サイラスはフィリスを愛してしまったのだと認めざるを得なかった。

今まで女性はすべて母のオーレリアに見えて忌まわしく、極力避けるようにしていたというのに。

そして、二十七歳にしてようやく思いを寄せた人にはすでに婚約者がいた。女性を蔑んでいた罰が当たったのだろうか。

「……フィリスはセドリック殿を愛しているのでしょうか？」

「お二人は遠縁で幼馴染みだったそうですから、仲はいいに違いないでしょうね」

自分は国王の右腕であり宰相、同時に表向きはカニンガム公爵家の当主である。その気になればフィリスを略奪することも可能だったが、彼女が婚約者を愛しているとなれば、そんな非道な真似をできるはずがなかった。

誰かの幸福を心から祈るなど、自分らしくもないと苦笑する。生まれて初めて抱いた愛は苦く切なかった。

それから傷が癒えるまでサイラスはフィリスの姿を目に焼き付けておこうと努めた。子どもたちに読み書きを教える姿も、川辺に遊びに連れ出しともに戯れる姿も、時折ヘルメスの厩舎《きゅうしゃ》を訪ねその頬を撫でる姿もだ。

ヘルメスがフィリスに懐いているのには驚いた。駿馬《しゅんめ》には違いないのだが人見知りをする性格で、警戒心も強く主人である自分以外に心を許したことはない。

ところが、フィリスが撫でてやると気持ちよさそうに瞼《まぶた》を閉じる。ヘルメスにはきっと人間の本質を見抜く能力があるのだろう。

明日には孤児院を出て行こうと決めたその夜、サイラスは厩舎を訪ねヘルメスの鬣《たてがみ》に指を絡ませた。

「……ヘルメス、お前もフィリスが好きか？」

ヘルメスは「もちろんだ」とでも言ったようにブルルと鳴いた。

「私もだ。だから、明日の別れが辛いな……」

それでも、今振り切らなければ諦められない気がしたのだ。


自分の未練がましさを思い知ることになったのは半年後のこと。

王宮で恒例の季節ごとの舞踏会が開催されることになり、その参加者にフィリスがいると知って一年ぶりに顔を出した。フィリスにもう一度会いたかったのもあったが、彼女の婚約者のセドリックがどのような男なのかを知りたかったのだ。

ところが、セドリックは天候の悪化で参加していなかった。だが、代わりに思い掛けなくフィリスの評判を知ることになる。

フィリスの妹のアンジェリーナが「金の令嬢」との二つ名を付けられているのに対し、フィリスは「銅の令嬢」と呼ばれていた。金よりはるかに価値が劣り地味だと言いたいのだろう。

一体、世間はフィリスのどこを見ているのかと腹が立った。あれほど心清らかで素晴らしい女性はいないというのに。

一方、アンジェリーナはサイラスが最も嫌う類いの女性だった。自分の美貌に落ちぬ男性はいないと自惚《うぬぼ》れている傲慢な女——オーレリアと同じ匂いを感じる。

指一本も触れたくはなかった。

自分が焦がれて止まないのはフィリスただ一人で、一度でも触れ合うことができるのなら、その思い出だけで一生生きていけそうな気がした。

だから、やはり生まれて初めて地位と身分を利用した。

フィリスが断れないことを知っていてダンスに誘ったのだ。ともに踊ったのは合計十分ほどだったが、彼女の魅力を再認識するには十分だった。

ダンスがただうまいだけではない。男性に一方的にリードされるのでもなく、時にはリードし返すことすらある。そのタイミングの切り替えが抜群にうまい。

男性にただ従順に付き従うのではなく、弱っている時には支えてくれそうな、そんなフィリスと彼女のダンスにもう一度恋をした。

——セドリックが心から羨ましかった。

ダンスが終わり絡み合っていた指が解けた時ほど、断腸の思いを味わったことはない。

それでもフィリスが幸福になるためにも手放さなければならないと、彼女の幸福を見守ることができればと、それだけを願っていたのに。

自分のせいでフィリスは怪我を負っただけではない。一生消えぬ傷跡を負ってしまったのだ。おのれを呪い殺してしまいたくなった。

そして、たったそれだけのことでフィリスは婚約を破棄された。代わってアンジェリーナがステア家に嫁ぎ、フィリスが修道院へ追いやられる羽目になった。彼女は誰よりも幸せになるべき女性なのに。

一体、セドリックは、フィリスの家族は何を考えているのか。まともに娘を愛していればそんな仕打ちなどできないはずだ。

そう訝《いぶか》しんでヴェイン家を調査させた結果、衝撃的な事実が判明した。フィリスは両親に半ば無視されて育ち、時に母のキャサリンには疎まれてすらいたのだ。

――信じられなかった。

そのような家庭環境にあって、なぜ他者に慈悲深く接することができるのか。人を信じて愛することができるのか。

フィリスの精神力の強さに舌を巻くのと同時に、いまだに母オーレリアへの恨みに囚《とら》われ、なんの関係もない女性に転換し、女嫌いとなった自分が情けなくなった。

いずれにせよ、今回の婚約破棄と修道院行きはさすがのフィリスも傷付いただろう。彼女の心境を思うと胸が切り裂かれるように痛み、罪悪感に駆られ、いてもたってもいられなくなった。

だから、強引な手段で半ば掠《さら》うようにフィリスを王都の屋敷にまで連れてきたのだ。

彼女を当時の境遇から救い出し、名誉を回復する手段はたった一つしかなかった。そこで、やはり強引に妻にして――

＊＊＊

「いいや、違うな……」

アイスブルーの双眸に影が落ちる。

自分の本心に気付かない振りをするほど若くもない。

――結局、口実を付けてフィリスを手に入れたいだけだったのだ。たった一人愛した人をずっとそばにおいておきたかった。

フィリスに傷跡が残ったことすら利用し、彼女を屋敷に――鳥籠の中に閉じ込めた。自分だけのために鳴く美しい小鳥にしたかった。

望むものはすべて与え、思う存分に甘やかし、その肌の甘さに溺れる。そう、かつて父のジェラルドが母のオーレリアを愛したようにフィリスを愛した。

すっかり女に溺れる愚かな男に成り下がったというのに、そんな自分を恥じることすらなかった。幸福ですらあった。フィリスの微笑みだけで天に舞い上がる心地になった。

彼女がまだセドリックを愛していることはわかっていたが、夫婦として暮らしていればいずれ忘れて情にほだされ、振り向いて愛してくれるかもしれない。そう期待していた。

なのに——

「子どもができにくいだと……?」

その程度で離婚を切り出すなど信じられなかった。

そもそも自分はオーレリアの不義の子で、カニンガム家の正式な当主かどうかもわからない。子どもができなければ父方の遠縁から男児の養子を迎えればいいだけのことだ。

なのに、なぜフィリスはわかってくれないのか——

「いいや、わかるはずがないな……」

オーレリアを恥じ、ジェラルドとは赤の他人かもしれないおのれを恥じ、フィリスに出生の秘密を打ち明けていないのだから。

その上、私は違うと答えが返ってくるのも、本心を押し殺して愛していると嘘を吐かれるのも怖くて、愛していると囁けてもいない。

その上、貴族社会では妻の役割とはまず嫡男を生むことだ。

真面目で責任感の強いフィリスのことだ。その務めを果たせないかもしれないと気を病んだのだろう。ましてや、フィリスの肩書きはカニンガム家当主の妻であり公爵夫人なのだ。

いくら子どもはいらないと訴えたところで納得できるはずもない。

きちんと向き合って理由を説明しなければならない。そのためにもまず下らない劣等感を捨て去らなければならなかった。

＊　＊　＊

フィリスが二人の王女の家庭教師となって一ヶ月が経った。

幸い、王女は二人とも国王夫妻に似て勉強好きの少女で、飲み込みも早く教え甲斐があった。

「今日はここで終わりです。来週から第二章に入りますね」

「わかりました。ありがとうございます！」

王女たちは教科書を閉じペコリと頭を下げた。

「王女様、私は臣下ですので、挨拶は私から……」

「お母様が授業の始まりから終わりまでは、先生の方が立場が上だからっておっしゃっていたの」

つくづく王妃の教育はしっかりしていると感心する。王女の兄である王太子、第二王子、姉の第一王女、第二王女も聡明だと聞いている。全員の将来が楽しみだった。

「じゃあ、先生、明日もよろしくお願いします……ってあれ？」

王女の一人が首を傾げた。

「先生、風邪を引いたの？　なんだか顔色が悪いわ」

「えっ、そうでしょうか？」

フィリスは思わず額に手を当てた。熱はない。むしろ体温が低くなった気がする。

「ありがとうございます。後でお医者様に看《み》ていただきますね」

最近、急に暑くなったので体調を崩したのだろうと大して気にも留めなかった。

自分に用意された客間に向かう途中、「フィリス」と呼び止められる。

振り返ると王妃が微笑みながら佇んでいた。隣には侍女二人が控えている。

「あの子たちの進歩はどう？」

「ええ、大変優秀なお二人で、予定よりも早く進んでおります」

「まあ、そうなの？　ぜひ詳しく聞かせてちょうだい」

王妃はフィリスをみずからの私室へ誘った。

私室は彼女の瞳の色に合わせた淡いすみれ色で統一されていた。生地をたっぷり使ったカーテンや絨毯、布張りの長椅子や壁紙には小花柄が散っている。王妃らしい上品で可愛らしい趣味だった。

長椅子に腰を下ろしお茶を飲みながら王妃に王女二人の賢さを語る。

「お二人ともアボットの詩をすべて覚えてしまいました」

「まあ、さすがに早いわね。我が子ながらちょっと自慢したくなってしまうわ」

王妃は微笑みながらフィリスの話を聞いていたが、やがて
「ところで、もうすぐ一ヶ月経つけれど、あなたはこのまま家庭教師を続けたい？」

と尋ねた。

「はい。できれば……」

フィリスは頷いて膝の上の拳を見つめた。

その後、彼女たちが成長して家庭教師が必要なくなっても、箔《はく》がついたことで次の就職先も見つけられるだろう。

王妃には本当はサイラスと別れたくはないが、子を孕《はら》みにくい体なので離婚以外の選択

肢がないこと、とはいえその後他の男性と再婚するなど考えられない上に、実家に帰ることもできないので自活の道を探っていると説明してある。

王妃は快くフィリスに家庭教師になるよう取り計らってくれた。だが、一度サイラスと話し合った方がいいとも勧められている。

「だって、サイラス様は離婚はしないと言っているのでしょう？」

「ええ……」

てっきりすぐに了承すると思い込んでいたので、サイラスの拒絶は理解しがたかった。

「では、やっぱり話し合わなくてはいけないわ」

「なぜなのでしょう……」

フィリスは困り果てて首を傾げた。

サイラスからは面会の申し込みだけではない。たびたび手紙が届き一度会いたいと書かれている。何を話し合いたいのかがわからなかった。

「ねえ、フィリス」

王妃が柔らかな声でフィリスに語り掛ける。

「あなたは自分がサイラス様に相応しくないと考えているのよね。それはどうして？」

「私は……傷物です」

その上子を孕みにくいのだ。十分な理由ではないだろうか。

だが、王妃は首を横に振り「十分ではないわね」と笑った。

「それはあくまでカニンガム家にとってであって、サイラス様自身にとってではないでしょう」

「……？」

フィリスは二者を分離する意味が理解できずに目を瞬かせた。自分が家のために生きてきたからだ。

「サイラス様は子どもはいらないと言ったのでしょう？」

「それは、私への責任感と罪悪感からで……」

「思い込みから判断してはいけないわ。サイラス様はそうおっしゃったの？」

「い、いいえ」

「私はサイラス様があなたと別れたくない理由は一つしかないと思っているの」

その一つがなんなのかフィリスには想像も付かない。

王妃は自分の心臓付近に手を当てた。

「あなたを愛しているから。だったら、傷跡も子どもができにくいのも、別れる理由になんてならないわ」

フィリスは思い掛けない解答に目を瞬かせる。

「サイラス様が、私を？」

「ええ、そうよ」

しかし、サイラスに「愛している」と言われたことはまだなかった。

王妃は「あなたもまだ若いのね」と微笑む。

「もちろん、言葉を尽くすことも大事だけど行動はもっと大事。あなたはサイラス様と一緒にいる間幸せだった？」

「……」

サイラスと過ごした一年を振り返り小さく頷く。

「はい。幸せ……でした」

サイラスはどれだけ忙しくても、フィリスとの時間を取ろうと努力してくれた。誕生日を盛大に祝われたのも初めてで、その際贈られたエメラルドの指輪は結婚指輪と重ねて嵌めている。

王妃は更にフィリスに尋ねた。

「フィリス、傷跡のことも妊娠しにくいことも忘れて考えてみて。あなたはサイラス様を愛していて、ずっと一緒にいたいと願っている？」

「……はい」

目の奥に熱い涙が込み上げてくる。

「サイラス様と添い遂げたいです」

いつの間にかこれほど好きになっていた。

王妃はゆっくりと腰を上げたかと思うと、フィリスの前にしゃがみ込みその両手を包み込んだ。

「じゃあ、それでいいじゃない。跡継ぎなんて養子を取るなりしてどうにでもなるわ。別れる必要なんてないでしょう」

「でも……」

王妃に説得されてもフィリスはまだ思い切りが付かなかった。

すると、王妃は何を勘違いしたのか、「ああ、傷跡が気になるのね」と頷く。

「わかったわ。フィリス、実は先月から宮廷医が一人増えたのよ。ディジョンに留学して医学を修めた人なの。フィリスに紹介するわ」

なんでもその医師はディジョンの最先端の医学を学んだのだという。

「ディジョンはこの大陸で流行の発信地でしょう？　その関係で化粧品の開発や美容医療も盛んなの」

「美容医療……？」

聞き慣れない単語にフィリスが首を傾げていると、王妃は包み込む手に力を込めた。

「フィリス、怖がって、立ち竦んでいるだけでは駄目。諦めて人生を終わらせるにはあなたはまだ若すぎる」

「王妃殿下……」

「前に進みましょう？」

第五章　薔薇色のドレスを着て

フィリスは王女たちの家庭教師を続けつつ、くだんの宮廷医の手当を受けることになった。宮廷医は客間で助手とともにフィリスの傷の状態を調べ、小さく頷き笑みを浮かべた。

「ああ、確かに残ってしまっていますね。完全に消すことは無理ですが、目立たなくすることは可能です」

「本当ですか？」

「はい。時間は数ヶ月から数年かかると思います。個人の体質によっても変わってくるので」

フィリスはこの傷跡をアンジェリーナより価値の劣る、「銅の令嬢」と呼ばれた自分に今度こそ押された烙印《らくいん》のように感じていた。

（そう。傷跡のせいにすれば楽だったんだわ）

修道院に入れと母のキャサリンに命じられた時も、二度と傷付かなくても済むと胸を撫で下ろしていたのではないか。

(でも、サイラス様はそんな私を引き戻してくれたのよ)

今となっては愛する人を助けて残った傷跡だと思える。

医師はフィリスの傷跡に何やら不思議な香りのする軟膏を塗った。

「一日二回、この軟膏を傷跡に塗って、日の光が当たらないようにしてください」

「かしこまりました。それだけでよろしいのでしょうか?」

「状態がよくなり次第軟膏を別のものに切り替えます。ああ、それと」

宮廷医は練り香水を入れるような小さな銀のケースと、白粉《おしろい》を携帯するサイズのコンパクトをベッドの上に置いた。

「先生、こちらは一体……」

「傷を目立たなくする化粧品です。舞踏会や晩餐会程度でしたら、こちらで十分誤魔化せると思います」

恐る恐る銀のケースを開けてみると、中には肌色のクリームが詰められていた。コンパクトには少々色の淡いやはり肌色の白粉が固められている。

助手が使い方を説明してくれる。

「失礼します。お肌を見せていただけますか。まず、こちらのクリームを少量指先につけ、叩き込むように塗って行きます。次に、こちらの白粉を軽くはたいてください」

最後に手鏡を手渡され恐る恐る覗き込み、自分の首筋と胸元を見比べてあっと声を上げた。クリームを塗り白粉をはたいた首筋の傷跡は、間近でよく見なければわからないほど目立たなくなっている。

「すごい……」

化粧品だけでここまで誤魔化せるとはと目を瞬かせる。

「どちらも二、三時間は落ちませんが、汗を搔くと流れてしまいますので、ダンスのあとは塗り直した方がいいでしょうね」

「はい。ご丁寧にありがとうございます」

フィリスは宮廷医と助手が退室したのち、改めて鏡の中の自分を見つめた。

(本当に、目立っていない……)

――舞踏会。

(私、もう一度踊れるのかしら。……踊ってもいいのかしら?)

フィリスは広く華やかな場でのダンスが大好きだった。踊っている間は自分が世界の中心になれるからだ。

それゆえに、傷跡が残ると聞かされた時には、傷物になったショック以上に、もうダンスもできないのだと悲しかった。

舞踏会の際、身に纏う、首筋から胸元まで開いたドレスには、もう二度と腕を通すことはないのだと諦めていたのだ。

いつでも読めるようにと枕元に置いてあった、サイラスからの手紙を手に取る。最も新しい手紙は先日届けられたばかりだ。

手紙にはフィリスへの気遣いの言葉が溢《あふ》れていた。他には庭園で新種の薔薇が咲いたことや、王都の屋敷の修復が順調だという報告で、いずれもフィリスが気に掛けていたことである。そして、追伸でこう締められていた。

『あなたに話さなければならないことがある。一度でいいから会ってくれないか』

「……」

フィリスは手紙を胸に抱き締めた。

(王妃様のおっしゃる通りよ。逃げ続けているだけでは駄目。向き合わなければ)

自分の気持ちとサイラスの本心を見極めなければならない。

フィリスは決意を胸に腰を上げると、机に向かい羽ペンを手に取った。

＊　＊　＊

社交シーズンの最中は王宮を初めとして、様々な貴族の屋敷で舞踏会、晩餐会が繰り広げられる。この期間、多い時には一週間に数回参加するのも珍しくない。

そんな中でフィリスがサイラスとの再会の場として選んだのは、ジェーンの嫁ぎ先であるマレー公爵家での舞踏会だった。

カニンガム家の屋敷で二人きりで顔を付き合わせるにはまだ気まずい。また、人目がある中ならサイラスも無理矢理抱くような、無体な真似はすまいと計算した結果だった。

ジェーンに招待状をくれないかと頼んだところ、ジェーンはフィリスの心境の変化に驚いていたが、若い人の参加者が足りなかったからと、二つ返事で招待状を送ってくれた。もちろん、サイラスにも。

カニンガム家を出て行って以来、数ヶ月ぶりの再会である。フィリスは緊張で心臓が早鐘を打つのを抑えられなかった。

（私、サイラス様と目を合わせられるのかしら？）

傷跡を人目にさらすよりもそちらの方が気に掛かった。

どうしても尻込みしてしまう。

（いいえ。もう決めたことじゃない。ちゃんと話し合うって）

フィリスはベッドの上に広げられた、先日新しく仕立てたばかりのドレスに目を向けた。

王女二人の家庭教師で得た報酬で購入したものである。

もうじき侍女が着付けの手伝いにやってくる頃だ。

（……会場で一番美しくなりたい）

そっと傷跡を撫でる。今までとは真逆に、傷跡が勇気をくれた気がした。

フィリスは小さく頷き覚悟を決めた。


マレー公爵家もカニンガム家に次いで古い血筋の貴族である。その王都の屋敷は百年前からある屋敷を修復したもので、石煉瓦《れんが》造りの建築様式が古き良き時代のフェイザー王国を偲《しの》ばせた。

フィリスは大広間に一歩足を踏み入れた。大勢の視線が一斉に注がれたが、気にも留めずにサイラスの姿を探す。他人にどう思われるかなどどうでもよかった。

フィリスの姿に魅せられた招待客らが耳打ちをし合う。

（あの薔薇色のドレスの令嬢はどなただ？）

（いいや、令嬢ではない。あの方はカニンガム公爵夫人だ。夫婦揃って人嫌いで、舞踏会には出席しないと聞いていたが……）

（おい。まさか、銅の令嬢だった方か？　あんなに美しい方だったか？）

フィリスが生まれて初めて働き、賃金を得て購入したドレスは、社交界ではさほど高価な部類ではない。カニンガム家にいた頃身に纏っていたものより質は数段劣る。

だが、紛れもなく自分の力で得た――その誇りがフィリスの背筋を伸ばし、凛《りん》と美しく見せていた。もっとも、当のフィリス本人は気付いていなかったのだが。

（サイラス様はまだいらっしゃっていないのかしら？）

フィリスは会場内を見回した。あの厳冬の夜空に浮かんだ月光を思わせる冴えた銀髪はどこにもない。

舞踏会が開催される屋敷前やそこに至る通りは混み合うことが多い。サイラスの乗った馬車も立ち往生しているのかもしれなかった。

途中、招待客の中に見知った顔を見かけた気がしてはっとする。

（まさか、アンジェリーナ？）

だが、セドリックの姿はない。相変わらず取り巻きに囲まれている。

フィリスはその非常識さに眉を顰めた。

アンジェリーナはセドリックの妻である。夫以外の男性にちやほやされ笑っているなど、あってはならないことだった。

（どうしてこんなところに……）

アンジェリーナも参加するのなら、ジェーンがあらかじめ教えてくれていたはずだが、そんな話は一言も聞いていなかった。

また、もう一つ気になることがあった。

母のキャサリンやアンジェリーナは舞踏会や晩餐会ごとにドレスを新調していた。ところが、今夜は以前着たことのある薔薇色のドレスである。

一体どういうことだと首を傾げていると、不意にサイラスではない男性から声を掛けられた。

「カニンガム公爵夫人ですね？　初めてお目に掛かります。僕はマレー家の五男、アルバートです」

ということは、マレー公とジェーンの末息子だ。アルバートの眼差しはフィリスの美しさを称賛し、頬がほのかに染まっていた。

「母から大層お美しい方だと聞いておりましたが、確かに森から抜け出してきた妖精のようですね」

さすが公爵家の貴公子、お世辞がうまいと苦笑した。

「ああ、ジェーン様の……アルバート様、初めまして」

フィリスはちょうどいいところに来てくれたとばかりに、アンジェリーナに目を向けアルバートに尋ねた。

「アルバート様、今夜はアンジェリーナも招待されていたのですね。あの子は私の妹なのですが、ジェーン様からもアンジェリーナからも出席するとは聞いていなかったのですが」

アルバートの表情が途端に曇る。うんざりしてもいるように見えた。

「ああ、アンジェリーナ様ですか。このようなことは申し上げにくいのですが、実は我々が招待したわけではありません」

なんと、アンジェリーナは招待されていなかったのに、取り巻きの一人のパートナーとして強引に参加したのだとか。

「こちらも通さざるを得ませんでした」

「……」

アンジェリーナの非常識さに頭がくらくらする。

社交界の常識として、既婚女性が舞踏会に出席する場合、夫にエスコートされなければならない。なんらかの事情で夫を帯同できない場合には、親族の男性を連れて行くのが慣習となっている。

ところが、今日のアンジェリーナのパートナーは、セドリックでもなければ親族の男性でもない。自分は身持ちが悪いと宣伝しているようなものだった。

アンジェリーナとしては未婚時代と変わらぬ振る舞いをしているつもりなのだろう。だが、ステア侯爵家夫人となった今は許されない行いである。自身だけではなくステア家の顔に泥を塗ることになるからだ。

「た、大変申し訳ございません。結婚して以来社交界にほとんど顔を出していなかったので……」

実家との付き合いもほとんどなかったので、ヴェイン家やステア家、セドリックとアンジェリーナ夫妻の現状を把握できていないのだ。

「いいえ。フィリス様はすでにカニンガム公爵家の奥方なのですから、ステア侯爵家の面倒まで見る必要はないでしょう」

「……」

アンジェリーナの評判はすでにステア侯爵家の家格を引き下げているのではないか。

当然、ステア家がアンジェリーナの言動を知らぬはずがないだろう。セドリックは、アンジェリーナの義母は、義父は咎めなかったのか。

そんなはずがなかった。

（アンジェリーナは誰かに注意されて話を聞くような子ではなかったわ……）

両親に蝶よ、花よと育てられ、望むものすべてを与えられて育ったのだ。自分と違って叱られたことなど一度もないはずだ。忍耐を覚える機会があったとは思えなかった。

（ヴェイン家は……お父様やお母様は今どうしているのかしら）

ステア家はヴェイン家から花嫁を迎えるのと引き換えに、経済的な援助を行うと約束していたはずだが。サイラスも結婚後に半ば手切れ金というかたちで、いくらか融通したと聞いている。

「あっ、フィリス様？」

フィリスはさすがに放っておけなくなり、アンジェリーナに向かっていった。

取り巻きたちがフィリスに気付きぎょっとしてさっと身を引く。アンジェリーナは酒が入っているのだろうか。目がとろんとして頬も赤くなっていた。

「アンジェリーナ」

フィリスが声を掛けると上機嫌だったアンジェリーナの目が途端に険しくなった。

「……何よ。どうしてお姉様がこんなところにいるの」

「ジェーン様が招待してくださったのよ。あなた、酔っているのね？　休憩室に行きましょう。そんな状態で踊っては危ないわ」

当たり障りなく取り巻きたちからさり気なく引き離そうとしたのだが、アンジェリーナはフィリスの手を振り払い嘲るような笑みを浮かべた。

「招待？　お姉様を招待ですって？　だってお姉様は傷物で――」

フィリスの首筋から胸元に掛けてをなぞったその視線が瞬時に凍り付く。

「……どういうことよ。いつ治ったのよ」

「今は治療中でまだ治ったわけではないわ。お化粧で隠しているだけよ」

アンジェリーナはまだ納得できないのか、フィリスの鎖骨を食い入るように見つめていたが、やがて姉が自分と同じ薔薇色のドレスを身に纏っているのに気付き鬼の形相と化した。

「何よ。どうしてお姉様が薔薇色のドレスを着ているのよっ」

ヴェイン家にいた頃ならアンジェリーナに遠慮し、違う色のドレスを選んでいただろうが今は違う。アンジェリーナの姉である前にサイラスの妻なのだ。

そして、一番好きな薔薇色のドレス姿をサイラスに見てほしかった。不特定多数の異性などどうでもよかった。

「アンジェリーナ、落ち着いて。薔薇色のドレスなんて誰でも着ているでしょう？」

薔薇色は流行を問わぬ人気色で、今日の会場にも同じ色のドレスを着た貴婦人、令嬢を何人も見かける。

「そういうことじゃないわっ」

アルコールで箍《たが》が外れているのだろうか。アンジェリーナは公衆の面前にもかかわらず、悲鳴に近い甲高い声を上げた。

「お姉様はいけないのよっ。だって、私より地味で、美人じゃなくて、なのにどうしてっ」

招待客らが何事かとアンジェリーナに注目する。

「アンジェリーナ、お願い。落ち着いて」

「何よっ、私よりずっと下だったくせに、なぜお姉様がカニンガム公爵夫人なのっ。私はたかだか侯爵家の跡取りの妻だってだけなのに、ずるいじゃないっ！　ちょうだいよっ！」

この時初めてフィリスはアンジェリーナを哀れに思った。

アンジェリーナの精神は子どものままなのだ。大人になる機会を両親に奪われた結果だった。だが、すでにもう成人した女性であり人妻。そんな我が儘は許されなかった。

「ごめんなさい。他の何をあげてもいいけど、サイラス様だけは渡せないわ」

目を真っ直ぐに見つめて宣言する。

姉の真正面からの反抗など初めてだったからだろう。アンジェリーナはぎょっとしてフィリスを凝視した。

「それに、あなたにはもうセドリックがいるでしょう?」

自分から略奪するほど欲していたセドリックが——

ところが、アンジェリーナにとってセドリックの名前はすでに忌まわしいものになっていたらしい。

「セドリック? はっ、あのケチのこと?」

夫を下げる発言を耳にした招待客らがどよめく。

フィリスは早くアンジェリーナを連れ出さなければと焦った。実家のヴェイン家にもステア家にも恥を掻かせることになる。

「アンジェリーナ、話は休憩室で聞くから。ほら、行きましょう?」

アンジェリーナはフィリスをきっと睨み付けたかと思うと、なんと「なによっ!」と手を振り上げた。

「……!」

ぶたれるのを覚悟して目を閉じる。だが、パンと乾いた音はしたものの、いつまで経っても頬に痛みは走らない。

何が起きたのかと恐る恐る瞼を開け、辺りが暗くなっていたので驚いた。一瞬、シャンデリアが消えたのかと勘違いしたのだが、すぐに目の前に男性が立ち塞がっているのだと

気付きはっとする。

「サイラス様……？」

そう、漆黒の正装を身に纏ったサイラスの広い背が、フィリスの視界を塞いでいたのだ。数ヶ月ぶりに見る見事な銀髪だけが、シャンデリアの灯りを受けてきらきらと輝いていた。

まさかと口を覆う。

（私を庇ってくれたの？）

ということは、アンジェリーナの平手打ちを受けたのもサイラスということになる。

「サイラス様、お怪我はっ……」

「……まったく」

サイラスはぶたれた頬を拭った。

「いくら酒が入っているとはいえ、やっていいことと悪いことがある」

アンジェリーナは真っ青になって小刻みに震えている。さすがに酔いも覚めたようだ。

人目があるところでサイラスを――カニンガム公爵をぶってしまったのだから。

皆アンジェリーナの奇行、暴行が信じられなかったのか、辺りは静まり返っていたが、その沈黙をもう一人の男性の声が破った。

「アンジェリーナっ！」

セドリックだった。

アンジェリーナに駆け寄りその肩を掴む。髪が乱れ、服装は舞踏会用の正装でないところからして、屋敷から姿を消したアンジェリーナを探し回っていたのだろう。

「やっと見つけた。こんなところに……。さあ、帰るぞ」

アンジェリーナはセドリック付きの従者に付き添われ、呆然としたまま大広間を出て行った。

一方、一人残されたセドリックは土下座する勢いで、サイラスとフィリスに深々と頭を下げた。

「私の妻が大変申し訳ございません……！」

だが、アンジェリーナに殴られても、セドリックに謝罪されても、サイラスの表情はまったく変わらなかった。

鋭利な氷柱を思わせるアイスブルーの眼差しがセドリックを射抜く。セドリックはびくりと肩を震わせた。

「あなた方は結婚してもうじき二年目か？　相変わらず躾《しつけ》がなっていないようだな」

セドリックの額から冷や汗が一滴、二滴と落ちる。

よりによって国王、王妃に次ぐ権力者――宰相を妻が殴ったのだ。いくら侯爵家といえどもお咎めなしというわけにはいかない。

しかし、サイラスは「行け」とセドリックに告げた。

「私に子どもを罰する趣味はない」

「……っ」

一見寛大に見えるがその一言には最大限の侮蔑が込められていた。まともな神経があれば二度と社交界に顔を出そうなどとは思わないだろう。

セドリックは唇を噛み締め、再び頭を下げ「……申し訳ございません」と謝罪した。

身を翻し大広間を出て行こうとしたのだが、途中、なぜか足を止めフィリスを振り返る。

なんのつもりなのかと目を見張っていると、セドリックの唇が声を出さずに動いた。

(えっ……？)

『君に……』

セドリックは声なき声でこう呟いた。

『君にそんなに薔薇色のドレスが似合うだなんて知らなかったよ……』

そして、思い切るように会場をあとにした。

セドリックの退場で皆我に返ったのだろう。口々にアンジェリーナを非難する。

「あの方、ステア侯爵家のセドリック様とその奥様よね。あの恥知らずな振る舞いはなんなの？」

「よりによって閣下を殴るなど。妻一人管理できないとは、ステア侯爵家は大丈夫なのか」

「お付き合いを考え直そうかしら」

（いけない）

フィリスは拳を握り締めた。

このままでは二人の立場がますます悪いものになる。

自分を裏切った元婚約者とあらゆるものを奪ってきた妹だ。なのに、今となっては恨《うら》み辛《つら》みが湧くどころか同情すら覚える。

それ以上に、ステア侯爵家にはセドリックたちだけではない。セドリックの兄弟姉妹、親族、使用人、多くの人々が運命共同体として暮らしているのだ。彼らの名誉まで台無しにするわけにはいかなかった。

「皆様！」

フィリスはパンと手を打って自分に注目を集めた。招待客らはフィリスが何を口にするのかと息を呑んで見守っている。

「お騒がせして大変申し訳ございません。先ほどのアンジェリーナ……妹の所業をどうぞお許しくださいませ」

にっこりと笑って周囲を見回す。

「私たちは幼い頃から仲がいい分よく喧嘩もしておりまして、久々に会ったからか昔を思い出し、あのような事態となってしまいました。お恥ずかしいお話ですわ」

もちろん、フィリスは招待客らがこんな馬鹿げた言い訳を鵜呑《うの》みにするはずがないとわかっていた。それでも、公衆の面前では体裁を整え毅然としていなければならない。そうした態度が人を従わせるのだと祖母から教わっていた。

「どうぞ今夜のことは忘れていただけると嬉しいですわ。今後ともカニンガム家、ステア家をよろしくお願いします」

最後の一言で今後もカニンガム家との付き合いを続けたければ、ステア家を社交界から省くなと暗に念押ししておく。また、この件について口外するなとも。

さすがは社交界に出入りする貴族。皆フィリスの意図をすぐに察したのだろう。

「なるほど、そういうことでしたか！」と男性の一人が手を打つと、皆雪崩を打ったように「よくあることですね」、「喧嘩するほど仲がいいと申しますからね」と頷いた。まったく現金なものである。

フィリスは大広間が元の落ち着きと歓談のざわめきを取り戻し、自分たちの周囲から野次馬が立ち去ったのを確認すると、「申し訳ございません……！」とサイラスに頭を下げた。人目がなければ床に頭を擦り付けたかった。

「私から呼び出しておきながら……！　おまけにあんな勝手な真似を……！」

サイラスは苦笑しフィリスを見下ろした。

「何を謝る？　あなたはやはり見事な女性だ。……得がたい人だ」

手を差し述べフィリスをダンスに誘う。

「そんなことよりも私と踊ってくれないか」

薄い唇の端に浮かんだ笑みにドキリとする。数ヶ月ぶりに会ったからだろうか。

端整な美貌のパーツのすべてが光り輝いて見えた。冬の湖にも似たアイスブルーの瞳。煙る月の光を紡いだような銀の睫毛。通った鼻筋と鋭利な頰の線――

夢見心地で小さく頷く。

「ええ、もちろんです」

同時に楽団がゆったりとした舞踊曲の演奏を開始する。人気のワルツよりゆるやかなテンポだった。

サイラスはフィリスの腰に手を回し、ステップを踏みながらその耳元に囁いた。

「今夜のあなたは一段と美しく見える」

それはフィリスのセリフだった。

漆黒の正装姿のサイラスは夜の闇に浮かんだ月さながらに美しい。

古代の神話の月の神は女性だと聞いたことがあるが、目の前にいるサイラスこそがそうではないかと思わせせられた。

とはいえ、「あなたこそ月の神のようです」など恥ずかしくて言えたものではない。

なのに、サイラスは称賛の言葉を更に続けた。

「そのドレスもよく似合っている。あなたが薔薇色を選んだのを初めて見た」

「ありがとう、ございます……。実は、生まれて初めて自分で買ったものなのです」

照れ隠しについ種明かしをしてしまう。

「あなたが自分で？」

「ええ。王妃様に引き立てていただいて、王女様の家庭教師のお仕事をいただきました」

「そうだったのか……。あなたにはいつも驚かせられるな。まさか、本当に自分の力で身を立てるとは」

美しいと褒められるよりも、薔薇色のドレスが似合うと称えられるよりも、道を切り開いたことを認められたのが嬉しかった。

胸が喜びで満ち溢れるのを感じる。

（あら、でも……）

フィリスはふとあることに気付いて首を傾げた。サイラスは傷跡について何も指摘しない。なぜ今日は目立たないのかと、一番先に聞いてもよさそうなのに。

（気を遣って……くださっているのかしら？）

だが、今はそんな野暮《やぼ》なことを尋ねるよりも、サイラスと音楽に身を任せていたかった。

サイラスも同じ気持ちなのだとなぜだかわかる。

（サイラス様と一緒にいて、こんなに安らいだのは初めて）

そのまま二人は数曲を踊りきり、動いて体が火照ったので、人気のないバルコニーへ向かった。

フェイザー王国の真夏の夜は闇が濃い。今夜の闇は漆黒というよりは、群青を何重にも重ねた深い青に見える。

その闇にぽっかりと満月が浮かんでいる。冴え冴えとした青白い光はサイラスの瞳の色に似ていた。

「……先ほどはありがとう」

脈絡なく礼を述べられたので首を傾げる。

（私、何かしたかしら？）

しでかしはしたが。

サイラスはらしくもなくその頬を染めた。

「〝サイラス様だけは渡せない〟と言ってくれただろう」

「……っ」

あの時点でサイラスはすでに会場にいたのだと知って、顔から火が噴き出そうになった。

「き、聞いていらっしゃったんですか……」

「ああ」

サイラスは小さく頷き満月を見上げた。

「とても、嬉しかった」

不意にアイスブルーの双眸を向けられまた心臓がドキリと鳴る。

サイラスはバルコニーの柵に手をつくと、「戻ってきてくれないか」と蚊の鳴くような声で請うた。

「子どもがいらないと言ったのは……本心だ。だが、理由はあなたの体の問題だけではない」

「えっ……」

サイラスは重大な秘密を打ち明けようとしている。フィリスは思わず辺りに誰もいないのか見回した。盗み聞きされては大変だからだ。

「フィリス、その必要はない。恐らく一部の貴族は誰でも知っていることだ」

サイラスは苦笑し溜め息を吐いた。

「私の母のオーレリアについて何か聞いたことはあるか？」

「は、はい。お美しい方だと……」

「では、醜聞については」

嘘を吐いたところですぐに見抜かれる。フィリスは目を伏せ頷くしかなかった。

「サイラス様が長年結婚されなかったのは、オーレリア様が原因だろうとジェーン様がおっしゃっていました」

「大方、浮気者の母を見て女嫌いになったとでも説明されたのだろう」

その通りだったので二度頷く。

とはいえ、貴族の世界に生まれれば、父や母の浮気が珍しくはないのだと悟り、いずれそんなものだと諦めるようになる。

フィリスの父バーナードも母キャサリンに首ったけだったのに、何度かメイドに手を出して屋敷が修羅場と化したことがあった。

フィリスもサイラスを愛する前は、自分の肉体が気に入らないのなら、愛妾を迎えろと諭したほどである。だから、サイラスが女性ごと嫌悪する理由が理解しがたかった。

「私は、子を孕む女性の肉体そのものを嫌悪していた。女性がいたからこそ私のような男が産まれたのだから」

「……？」

フィリスはサイラスが何を言いたいのかますますわからなくなり、ただ目を瞬かせていたのだが、続いての衝撃の発言に息を呑んだ。

「私は、父の……前カニンガム公爵の息子ではないかもしれない」

なんと、サイラスの母のオーレリアは婚約前どころか、結婚してからも取り巻きを侍《はべ》らせ女王さながらに振る舞い、それでいて娼婦のように男性と交わっていたのだという。

「知らぬは亭主ばかりなりとはよく言ったもので、父は清らかな容姿の母を信じ切っていてね。だからこそ、一度疑惑が芽生えてしまえば私の存在ごと疑った」

フィリスはなぜサイラスが子はいらないと言い張ったのかをようやく悟った。

（もしサイラス様の予測通りだった場合、ご自分の血が……カニンガム公爵家を乗っ取ることになるからだわ）

となると、サイラスは最初から我が子を望んでいなかったのかもしれない。だから、あれほど養子を取ればいいと繰り返していたのか。むしろ、養子でなければならなかったのだろう。

そのまま胸に秘めてカニンガム家を我が物としても誰も怪しまなかったはずだ。だが、サイラスの高潔な人格と父への思慕が彼に卑怯者《ひきょうもの》となることを許さなかった。

いつかのサイラスが語った思い出話が脳裏を過る。

『父は立派な方だった。厳しいだけではなく優しいところもあり、貴族には珍しくよく私との時間を取ってくれたな。乗馬も武術もすべて父から教えてもらった』

我が事のように胸が痛んだ。

(私に打ち明けるのにどれだけ勇気が必要だっただろう)

なぜカニンガム家の双方の屋敷に、オーレリアの肖像画がなかったのかもわかった。

(サイラス様はオーレリア様にそっくりだったと聞いたことがあるわ)

おまけに銀髪もアイスブルーの瞳もオーレリア譲り。肖像画を見るたび母の罪を思い知り、おのれの罪深さを突き付けられたのではないか。

何せ、サイラス一人の問題ではなくカニンガム家を揺るがす大問題だ。

とはいえ、カニンガム家に直系の男性とされる人物はサイラス以外いない。遠縁の分家には男児が何人かいると聞いているが、いずれも赤ん坊、もしくは幼児なので成長するまでには時間がかかる。

（きっとご自分をそれまでの繋ぎなのだと捉えていたのではないかしら）

父の愛したカニンガム家を盛り立てるために宰相の地位にまで上り詰め、次代の正統なカニンガム家当主の基盤を固めようとしていたのだ。

子から父への一途な愛情に涙が零れそうになった。

（サイラス様が私に何も言えなかったのは、私がサイラス様を支えられるほど強くなかったからだわ）

サイラスの苦悩を察しもせず、傷跡が残ったこと、セドリックに裏切られたことを嘆くばかりだったのだ。頼りにならないと見なされても仕方がない。

自分の不甲斐なさが情けなくなったが、落ち込んでも何にもならないのだと顔を上げる。

（でも、サイラス様は今度こそ私を信じて打ち明けてくださったんだわ）

その信頼に応えたかった。

「サイラス様」

バルコニーの柵に置かれたサイラスの手にみずからのそれを重ねる。

「私もお伝えしなくてはならないことがございます。……ご存知の通り私はサイラス様にお子を授けることは難しいでしょう。傷跡もございます。それでもよければおそばに置いていただけますか」

アイスブルーの双眸が大きく見開かれる。

「愛しています」

その一言はフィリスから告げた。

「サイラス様もそう言ってくださいませんか」

サイラスは鳩《はと》が豆鉄砲を食ったように目を見張っていたが、やがて「あなたはあの坊やを愛していたのではないか？」と問うた。

「……」

首を横に振り苦笑する。

「セドリックとは長い付き合いで、恋というよりは情に近かったのだと思います」

それでも、家族の愛を得られなかったフィリスにとってはかけがえのない思いだった。

ところが、まだ二年も経っていないはずなのに、セドリックの面影は心から掻き消えている。今となってはアンジェリーナとうまくやってくれと願うばかりだ。

「信じては……くださいませんか？」

「……」

サイラスは思いを注ぎ込むようにフィリスを見下ろしていたが、やがてふと微笑んでフィリスの頬に手を当てた。

「いいや。あなただけは、あなただから信じられる」

冷徹な美貌からは想像できない熱い唇が重ねられる。

サイラスはフィリスに口付けを繰り返しながら、月がその身を雲で覆い隠すまで「愛している」と囁いた。


思いが通じ合ってからの初めての交わりは、もう何度も体を重ねたとは思えないほど照れ臭かった。

ベッドの上で二人見つめ合う。

「……どうも緊張するな」

同じことを考えていたのかとおかしくなる。

「じゃあ、初めてということにしましょう?」

「それは名案だ」

サイラスはフィリスの手を取って甲に口付けた。

「ガラにもなくドキドキするよ」

それから軽く唇を重ねる。口付けは次第に深くなって、舌を搦《から》め捕られる頃には、唇だけではなく体も熱くなってきた。

「んっ……」

その間に胸にまさぐられて身を捩らせる。指の一本一本がフィリスの感じるところを探るように、輪郭をなぞったり軽く押したり、どの動きも気持ちがよくて大きく息を吐いた。

それでも胸の谷間に顔を埋められて、右の膨らみの先を食まれた時ほどではなかった。

「ひゃんっ」

ぬるりとした感触が敏感なそこを包み込む。

全感覚が胸に集中する。赤子のように吸われ、かと思うと舌先で転がされて、その度に首筋と背筋に震えが走る。

「ンッ……あ、サイラス様……」

サイラスは不意に顔を上げてフィリスの頬に手を当てた。

「今日のあなたは……とても可愛く見える」

愛おしいとも言い換えられると呟く。

「フィリス、可愛いよ」

世界中からお前は傷物で醜いと嗤われても、サイラスにとって可愛ければそれでいい
――フィリスは多幸感に満たされながらそう思った。

耳をいじられながら首筋を吸われる。指の長い手が次第に下がり、胸から脇腹にかけてを撫でられた。そうして時間をかけて体に触れられていると、腹の奥がだんだん熱くなってくるのも同時に感じる。

やがて、足の間にその手が滑り込んで、指先でそこを軽く掻かれて体が跳ねた。

「ひゃっ」

だが、嫌だとも逃げようとも思わない。

「相変わらず敏感だな」

「敏感なんかでは……」

反論しようとしたものの、足を大きく開かれ、ひやりとした空気にびくりとして言葉を失くす。アイスブルーの瞳が体の中心をじっと見つめているのを感じた。

「そ、そんなに見なくても……そんなにきれいなところでは……」

「あなた全部が可愛いと言っただろう?」

指が円を描くようにそこを撫《な》で回す。

「んっ……んぅ」

腹の奥で凝った熱が漏れ出てくる。くちゅくちゅといやらしい音がして、恥ずかしいのに気持ちがよく、体をくねらせるしかなかった。

でも、すっかりそこが解《ほぐ》れたところで、指をするりと入れられて、衝撃に震えすら止まる。

「ひゃっ……」

「フィリス、濡れている。それに、熱い」

「んっ……あっ……んふ……」

何度も出し入れされてその度に喘ぎ声を上げてしまう。

「フィリス、もっと声を聞かせてくれ」

掠れた声が耳をくすぐり、それでまた感じてしまって、いつの間にか二本に増やされた指を締め付ける。指の動きが一層速くなって中を繰り返し擦った。

「ん……あっ。んんっ！」

頭の中にも目の前にも火花が散って何も考えられない。足が小刻みに震えて力を込められない。シーツを弱々しく握り締めるのが精一杯だった。

「フィリス」

名前を呼ばれてはっとした時には、サイラスに覆《おお》い被《かぶ》さられていた。

サイラスはそっと目元に、頬に、最後に唇に口付けた。自然に口が開いてサイラスの舌を迎え入れ、フィリスも自分のそれをそっと絡ませる。

やがて、濡れたそこに熱いかたまりが押し当てられる。早く欲しくてたまらないのに、サイラスは焦らすように、先で軽く擦るばかりだった。

その刺激にも感じてしまって息を吐き出す。同時に、なんの前触れもなくぐっと灼熱が体の中に入ってきた。

「あ……！」

サイラスの筋肉で張った二の腕を摑んでどうにか耐える。圧迫感に一瞬体が強張《こわば》ったものの、優しく髪を撫でられたことですぐに落ち着いた。

じわじわとサイラスの熱が伝わってくる。でも、これだけではもう足りなかった。

「う、動いて……」

切れ長の目が驚いたように見開かれ、すぐに甘い微笑みに変わる。

「あなたにおねだりをされるのも悪くないな」

そして、大きく腰を引いたのだ。

「あんっ……」

ずるりと何かが抜ける感覚に背が仰け反る、続いてぐっと押し込まれて奥まで入れられた。

「は……あっ」

熱い息が肌にかかってそれにすら反応してしまう。激しい動きに風に舞い散る木の葉のように翻弄され、フィリスはみっともないほど激しく乱れた。

「あんっ……や……やゃんっ」

逞しい腕に押さえ付けられることすら気持ちがよくて、フィリスは力を振り絞って手をかたい背に回した。

「んっ……愛して……愛しています……」

「可愛い、ことを、言ってくれる」

サイラスは肩で大きく息を吐くと、フィリスを抱き締め返してこう言ってくれた。

「私もあなたを愛しているよ、フィリス」

＊＊＊

フィリスが身籠もったと判明したのはそれから一ヶ月後のこと。

体温が低下したり、体調を崩したりしていたのも妊娠が原因だった。

その後の騒動は思い出したくはない。何せ、フィリスもサイラスも子を持つつもりはなかったし、もはや授かるとも考えていなかったからだ。どう受け止めればいいのかわからなかった。

主治医は呆れたように「可能性は皆無ではないと申し上げたはずですが……」と告げた。

確かに、そんなことを言われた気もしたのだが――

いずれにせよ、せっかく身籠もったというのに、フィリスはサイラスに申し訳ない気持ちで一杯だった。なぜなら、男児だった場合間違いなくカニンガム家の跡継ぎとなる。そうでなければ世間が許さないだろう。

自分の血をカニンガム家に混ぜたくないという、サイラスの意思を無視することになってしまう。

ところが、サイラスはフィリスが我が子を身籠もったことを、心から喜びねぎらってくれた。

悪阻でベッドに横たわるフィリスの手を取り甲にそっと口付ける。

「あなたと私の子だ。嬉しくないはずがない」

ようやく本物の家族ができるのだと思うと嬉しいとも呟いた。

「ですが……」

「心配しなくていい。フィリス、私はこの子が生まれてのち、病を理由に宰相位と公爵位を退こうと思う」

「えっ？」

思い掛けない提案に思わず声を上げた。

「カニンガム家の家訓では一旦爵位から退いた者は二度と復帰できず、その子孫の爵位継承権はあらかじめ定められていた後継者の下位になると定められている。少々早いとは思うが分家筋から後継者となる男児を選別しておこう」

サイラスは早々に公爵位をいずれかの男児に譲るが、成人するまではカニンガム家の執務はサイラスが影で担う。宰相位についても同様の措置にするのだという。

「その間の教育はあなたにも担当してもらおうか」

「サイラス様……」

サイラスは自分たち家族と幸せになろうとしてくれている。フィリスにはそれが何よりも愛情の証に思えて嬉しかった。

――フィリスが元気な男児を出産したのは、そよ風が夏から秋の涼しいそれへと変わり、日の光が柔らかになりゆく秋の初め。

サイラスは寝室で我が子の誕生を待ち構えていたらしく、産声が聞こえるなり扉を開け
「生まれたのか？」と産婆に問うた。

「ええ、元気な男の子ですよ！」

産婆は赤ん坊を産湯に浸《つ》からせ、柔らかなキルトで包んでから、まずは母親のフィリスに手渡した。

「まあ、可愛い。髪と顔立ちはサイラス様似ですね」

猫の毛よりも柔らかなすぐに髪に絡まる銀髪。まだ瞼を固く閉じているので瞳の色はわからなかった。

フィリスは産婆に従い初乳を飲ませた。首筋から胸元に掛けて走っていた傷跡は、手当の甲斐あって大分目立たなくなっている。宮廷医の見立て通りもう一、二年もすれば、白粉をはたけばほとんどわからなくなるだろうとも。

だが、サイラスはフィリスが乳房を露わにしていても、やはり「傷が薄くなった」とも「目立たなくなった」とも言わなかった。

出産前、なぜ傷跡について指摘しないのか、一度だけ聞いたことがある。

サイラスはたった一言「気にしていなかったから」と答えた。傷があろうが傷がなかろうがフィリスはフィリスでしかないと。続いて今後は独占欲丸出しで、「むしろ、傷跡が消えたあなたは魅力的すぎるから、そのままでもよかったのに」とも。

『フィリス、あなたは知っているだろうか？　エメラルドは美しく希《まれ》な宝石だが、傷がないものはないと言われている。傷があるからこそ緑の深みが一層際立っているかもしれない』

そして、そっと口付け耳元でこう囁いたのだ。

『私にとってあなたはエメラルドにも似た存在だ。私以外、その美しさを知らなくてもいい』

つくづく心を射抜く殺し文句だった。

フィリスは幸福で一杯の微笑みを浮かべながら、指先で赤ん坊のシミ一つない頬を擽った。

「さあ、サイラス様、抱いてくださいませ」

「あ、ああ」

サイラスはおっかなびっくりでフィリスから赤ん坊を抱き取った。

「……小さいんだな」

これほど小さな赤ん坊が、這い這いし、立ち上がり、やがて大人になるのが信じられないと呟く。

フィリスは愛情を込めた眼差しでサイラスを見つめた。きっといい父親になるに違いないと思えたからだ。

「生まれたばかりなのに気が早いですよ。ところで、名前は何にしましょうか？」

「ああ、バークレイ男爵のファーストネームをいただくことにしたんだ。だから、アーサーにしようと思う」

「まあ、それはいいアイデアですね」

バークレイ男爵は二人にとって共通の師である。フィリスにとっても嬉しい選択だった。

「アーサー、生まれてきてくれてありがとう」

サイラスが腕の中の赤ん坊に呼び掛けると、赤ん坊が父親の声に反応したのか、ピクリと動いてゆっくりと瞼を開ける。

「……！」

次の瞬間、サイラスが声にならない声を上げた。アーサーを胸に深く抱き締める。

「サイラス様、どうなさいましたか？」

フィリスはアーサーの顔を覗き込んでその理由を知ることになる。

アーサーの瞳の色はサイラスの父のジェラルドと同じ、黄金に近い琥珀色だったのだ。

終章

カニンガム家は季節が変わるごとに墓参りを習慣としている。

一族の墓は領地の古い教会の墓地にあり、中世以降の祖先が眠りに就いていた。

墓地は死者を守るように青々とした木々に囲まれている。

今日は宰相の一家が墓参りに来るので、教会が人払いをしているのか、そよ風に揺れる葉のざわめきと小鳥の声以外は何も聞こえない。

町三区画分はある広さもあり、静けさが一層際立っていた。

長い歴史があるからなのか、通りの両脇を埋める墓にはさまざまな様式があった。

石で神殿や屋敷を象った大型の豪奢なもの、生前の死者が横たわった姿を彫刻したもの、四角柱の上に胸像を乗せたもの、十字架や石版に簡素に生没年月日を彫り込んだだけのものも。

いずれの墓に眠るにせよ、行き着くところは皆同じ、神のもとなのだ。

「──ねえ、お母様、早く帰りましょうよ、怖いわ」
五、六歳ほどの可愛らしい少女が隣を歩く母親の手をぎゅっと握り締める。マリンブルーのドレスと同じ色のリボンがよく似合っていた。
「お化けが出たら私びっくりして死んじゃうわ」

背に流れ落ちるブロンズ色の緩やかな巻き毛は母親とそっくりだ。瞳の色は凍った湖と同じアイスブルーなのだが、少女の明るく快活な内面を反映し冷徹な印象はない。

少女の母親──フィリスは娘に優しく微笑みかけた。

「まあ、お化けなんて出ないわよ。ダイアナ、昨日何を読んだの?」

「お兄様が昔の本を読んでくれたの。亡くなった騎士の亡霊が出てきて……。お友だちになりたくなる妖精も出てきたんだけど……」

フィリスは少々困ってしまった。

お伽噺は作り話。亡霊など現実には存在しないと否定するのは簡単だが、同時に娘の、ダイアナの信じる妖精の存在も否定することになるからだ。

答えあぐねていたところにダイアナと同じ瞳の色の男性──夫のサイラスが助け船を出してくれる。

「ダイアナ、安心しなさい。この墓地に眠る人々は、皆遺族や子孫に祈りを捧げられている。神様のもとで安心して眠っているよ」

「祈りを捧げられると亡霊にならないの？」

「ああ、そうだ。安心してゆっくり眠ってください。私たちは元気で暮らしています――死者はそんな思いやりで天国に行けるから」

父親の言葉に安心したのだろう。アイスブルーの瞳がぱっと輝いた。

「そうだったの。じゃあ、今日はちゃんとお参りしないといけないのね」

「ああ、そうだ」

九フィートほど先を歩いていた少年――息子のアーサーが立ち止まりダイアナの隣に並ぶ。

今年で十歳になり背がぐんと伸びた。服を仕立ててもすぐに小さくなってしまう。カニンガム家の男性は皆長身なのだという。これからの成長と将来が楽しみだった。

サイラスから受け付いた銀髪が顎の下辺りまで伸びている。本人は遊ぶのに邪魔だからと早く切りたがっているのだが、おかっぱが可愛くてつい散髪を延期してしまっていた。

黄金に近い琥珀色の瞳が悪戯っぽく輝く。

「そう、お父様の言うとおりだ。亡霊なんて出ないよ。もし出ても僕がやっつけてやるからさ」

「お兄様が？」

「うん、僕は強いってダイアナはよく知っているだろう？」

「そうね！　お兄様がいれば何も怖くないわ」

強いといっても子ども同士のケンカなのだが。

アーサーは人嫌いの父親にも物静かな母親にも似ず、正義感が強い親分肌的性格だった。親族間の集まりでは常に同年代の少年に囲まれており、いじめやケンカがあればすぐに仲裁に入る。時には腕力を行使することもあるのだが、なんだかんだで問題を解決するので友だちに信頼されていた。

もちろん、ダイアナも頼もしい兄が大好きだ。

「ほら、早くうちのお墓に行こう」

「うん！」

「二人とも転ばないようにね」

二人の背を見送りサイラスがしみじみと呟く。

「二人とも大きくなったな」

「もうダイアナも六歳になるのね……」

アーサーが生まれて四年後、もう子どもは諦めていたのだが、今度はダイアナを授かった。

そして、現在三人目の子を身籠もっている。年末に生まれるのが楽しみだった。

フィリスは腹を擦りつつ目を細める。

「この子の髪と瞳の色は誰に似るのかしらね」

サイラスはフィリスの肩にそっと手を回した。

「誰にでもいいさ。元気に生まれてくれるなら」

サイラスは驚くほど子煩悩な父親だった。

アーサーとダイアナが赤ん坊の頃から甲斐甲斐《かいがい》しく面倒を見、フィリスとともに手ずから二人の教育にも携わっている。

幸福な家族での思い出を残してやりたいとサイラスは語っていた。サイラスの亡父——前公爵もそうしてくれたからと。

『フィリス、あなたに出会えるまで、父上との幸福な記憶が私を支えてくれた』

(私もそうだったわ)

フィリスは亡き祖父母に思いを馳《は》せる。

両親や妹に嫌われはしても、厳しくも優しかった二人の記憶があったからこそ、サイラスに出会えるまで生きて来られたのだろう。

ふと、両親に溺愛されていた妹のアンジェリーナを思い出す。

（アンジェリーナは……これから大丈夫なのかしら）

アンジェリーナはマレー公爵家で醜態を晒して以降、フィリスのはからいで社交界から締め出されはしなかったが、夫のセドリックともども白い目で見られ、人の目が怖いと引きこもってしまった。

嫁ぎ先のステア侯爵家ではすでにアンジェリーナの浪費癖、怠け癖に耐えかねていたらしいのだが、だからといってそう簡単に離婚させることもできなかったらしい。

ちなみに、セドリックの両親――ステア侯爵夫妻はたとえフィリスに傷跡が残ろうと、セドリックと結婚させるつもりだったのだという。まだ子どもっぽいところのあるセドリックには、フィリスのようなしっかりした伴侶が必要だからと。

ところが、セドリックはアンジェリーナと共謀し、花嫁の名をすげ替えた招待状を勝手に送り直してしまった。

さすがに引き返せなくなってしまい、仕方がなくアンジェリーナと結婚させたのだが、その結果がマレー家での醜態だ。ステア侯爵夫妻は家を貶《おとし》めたと激怒し、なんとセドリックを廃嫡してしまった。

セドリックには弟がいたのだが、現在そちらが後継者となっている。

セドリックとアンジェリーナは遠方に追いやられ、ステア家の別荘の管理を担っているのだと聞いている。二人で暮らしていくだけの金は与えられていると聞いているが、本人たちからの音沙汰がないので状況がまったくわからなかった。

また、セドリックが廃嫡されたのと同時に、実家のヴェイン家への援助も打ち切られている。

両親に泣きつかれて知ったのだが、父の雇っていた執事代理が財産を横領し、そのまま行方を眩《くら》ましてしまったのだという。

道理でメイド長経験のある使用人を雇えなかったはずだ。

おまけに、二人は贅沢な暮らしを止められず、また借金を重ねていたのだから呆れた。

これ以上両親にヴェイン家を任せてはおけない――フィリスは痛む頭を押さえつつそう判断し、サイラスに頼んで残された家財を整理。

泣《な》き喚《わめ》く両親に半ば無理矢理サインさせ、分家に爵位と家督を譲り渡した。よって両親はすでに伯爵ではない。

二人は現在アンジェリーナたちと同じように、カニンガム家の遠方の別荘に住まわせている。

面倒な真似をしでかさないようにとサイラスが監視を付け、最低限の暮らしに困らない程度の年金を送っているが、当初贅沢に慣れた二人は監獄のようだと嘆いていた。

だが、父のバーナードが病に倒れて以来、キャサリンもすっかり意気消沈してしまい、現在は息を潜めるようにして生きているのだとか。

(甘やかすことと愛することは違うわ)

フィリスは神殿を模した形の墓で足を止めた。

カニンガム家代々の墓だ。

すでにアーサーとダイアナが摘んだ花を手に待機していた。

「あら、可愛い花ね」

「さっき道ばたで摘んだの！」

フィリスは持参した薔薇の花束をそっと墓前に備えた。子どもたちもその両脇に野の花を置く。

家族で十字を切って祈りを捧げ、前公爵夫妻の魂の平安を祈った。

「ねえ、お母様、お墓の向こうにある広場に行っていい？」

「ええ、いいわよ。お母様たちもすぐに合流するわ」

「ダイアナ、行こう！」

「うん！」

元気いっぱいの子どもたちの後ろ姿を見送ったのち、サイラスがセレストブルーに染まった空を見上げる。

「近頃、ようやく母を許せるようになった。父とともに神のもとで安らかでいてほしい」

フィリスは思わず隣のサイラスの端整な横顔を見上げる。

「なぜ父が母に裏切られ、手に掛けておきながら、それでも同じ墓の中で眠りたいと望んだのかもわかるようになった」

サイラスの父の前公爵ジェラルドはサイラスに遺言を残していた。内容は「オーレリアとともに眠りたい」、それだけだったのだという。

「サイラス様」

フィリスはサイラスにそっと寄り添った。

「愛しています」

今は躊躇《ためら》いなくこうして愛を囁ける。

「ああ、私もだ、フィリス。愛しているよ」

それが何よりも幸福であることを二人はよく知っていた。

あとがき

はじめまして、あるいはこんにちは。東　万里央です。

このたびは「美貌の冷徹宰相閣下はワケあり令嬢を溺愛して手放さない」をお手に取っていただき、まことにありがとうございます。

互いに訳ありの二人でしたがいかがでしたでしょうか。

さて、感謝の言葉を。担当編集者様、いつもアドバイスにお世話になっております！

表紙と挿絵を描いてくださった蜂不二子先生。美麗かつイメージ通りのイラストをありがとうございます。ヒーロー、ヒロインともにど真ん中の外見と雰囲気でした！

また、デザイナー様、校正様他、この作品を出版するにあたり、お世話になったすべての皆様に御礼申し上げます。

それでは、またいつかどこかでお会いできますように！

東　万里央

美貌の冷徹宰相閣下は
ワケあり令嬢を
溺愛して手放さない

Vanilla文庫

2022年12月5日　第1刷発行　定価はカバーに表示してあります

著　者　東 万里央　©MARIO AZUMA 2022
装　画　蜂 不二子
発行人　鈴木幸辰
発行所　株式会社ハーパーコリンズ・ジャパン
東京都千代田区大手町1-5-1
電話　03-6269-2883（営業）
0570-008091（読者サービス係）
印刷・製本　中央精版印刷株式会社

Printed in Japan ©K.K. HarperCollins Japan 2022 ISBN978-4-596-75759-3